그대에게
연을
띄우며

나남
nanam

나남시선 89

그대에게 연을 띄우며

2018년 1월 15일 발행
2018년 1월 15일 1쇄

지은이_ 김대술
발행자_ 趙相浩
발행처_ (주) 나남
주소_ 10881 경기도 파주시 회동길 193
전화_ (031) 955-4601 (代)
FAX_ (031) 955-4555
등록_ 제 1-71호(1979.5.12)
홈페이지_ http://www.nanam.net
전자우편_ post@nanam.net

ISBN 978-89-300-1089-4
ISBN 978-89-300-1069-5(세트)
책값은 뒤표지에 있습니다.

이 시집의 판매 수익금은 평화적인 통일을 염원하며
통일 운동 단체에 기부합니다.

나남시선 89

그대에게 연을 띄우며

김대술 시집

나남
nanam

삼가 스승 고故 신영복 선생님 영전에
이 시집을 바칩니다.

1

2

1 강원도 귀농 떠나신 분
  찾아가서 위로 및 물품 전달

2 인문학생 가을 여행

3 상품권 전달 및 격려

3

1

2

1 인문학생 가을 여행

2 추석 차례상 이후,
  윷놀이 마치고 1, 2, 3등
  상품권 전달

3 정신과 병원과
  사례관리 회의

3

1 독거노인 이사지원 봉사활동

2 인문학생 영화 수업

3 감자 농사 자원봉사

1 미술치료 작품전시회

2 인문학생
　　체육치료 활동

3 미술치료 전시회 중에
　　시 낭독

《그대에게 연을 띄우며》
발간을 축하하며

김대슬 사제는 20여 년 동안 나환우, 이주노동자, 위기가족, 노숙인 디아스포라를 위한 사목에 헌신했다. 두 번째 시집에서는 개인의 슬픔을 뛰어넘어 한반도와 세계의 폭력을 고발하고 저항한다.

강대국들의 간섭에서 벗어날 수 있는 평화적인 통일을 염원하며, 통일 운동 단체에 시집 수익금을 기부한다니 자랑스럽다.

버거웠을 세월 견뎌내며, 공공의 선을 위해 내어놓는 시인 신부, 더욱 좋은 시로 삶의 무거운 짐으로 허덕이는 사람들을 위로해 주기를 바라며 빛나는 정진을 응원한다.

— 이경호(베드로) 주교, 대한성공회 서울교구장

'추자도 촌놈' 수원역 노숙인들의 벗으로 살아왔다. 처음 만난 10여 년 전부터 나에게 늘 자신을 '추자도 촌놈'이라고 하셨다. 김 신부님의 바다는 자유이고, 추자도는 그리움이며, 참돔은 희망이다. 부끄러움에 저항하고 행동하게 하는 자유의 여정. 빛나는 새 시집 진심으로 축하한다.

— 홍용덕, 〈한겨레〉 사회2부 선임기자

"고기도 먹어 본 놈이 먹는다고" 가난하고 쓸쓸한 날 뒤로하고, 눈물 흘리는 사람들을 위해 영혼 불태우시라. 묵직한 주제, 호호탕탕하다.

— 박준영, 재심 전문 인권변호사

시詩. 이토록, 눈부시다! 낮은 자들과 함께하는 예수의 삶을 따르며, 물고기 낚도록 인도하던 10여 년 헤매던 고단한 길, 자신만의 언어로, 웅장하거나 아름다운 여행지가 아닌, 초라하고 볼품없는 뒷골목을 그린 기행문. 김 신부는 현재진행형이다.

— 최종호, 〈연합뉴스〉 기자

사람을 보는 눈은 진실 되고, 세상을 대하는 가슴은 뜨겁기에, 거리의 일상과 풍경이 아프지 않고 아름답기를 바라며, 시인은 삶과 글 속에서, 사람이 주인 되는 참다운 세상을 꿈꾸나 봅니다.

　─유주호, 경기민권연대 대표

'인연 따라 만난 상처 허비한 세월 어루만지고/못다한 공부한다면 가난한 마음 살찌우겠다'(〈저녁 의자에 앉아〉 부분)라는 대목에서 그의 여정을 본다. 일생 가난한 세상을 뜨겁게 걷는 사제 시인. 노숙인과 세상 공부 나누며 오늘도 지친 바람의 의자를 깊이 닦는다. 시 쓰기도 고단한 영혼들에 의자 가만 내미는 오붓한 일이려니.

　─정수자, 시인

김대술 신부, 참 생산성 없는 사람이다. 사회에 복귀하는 노숙인 거의 없는 것처럼, 요즘 같은 시대에 누가 시를 읽고 영감을 얻는다고, 골방에서 인연 맺은 사람 떠나보낼 때마다 "사랑한다, 사랑한다" 절망의 단어 토해낸다. 무엇에게 홀렸는지 모르지만, 전인권 굵고 거친 소나무처럼 결국, 길 잃은 양 한 마리, 또 한 마리 구해내리라 믿는다.

　─정두훈, 아름다운의원 정신건강의학과 원장

인도 슬럼가, 그 쓰레기 마을에서 똥 먼지를 뒤집어쓰며, 태평양 작은 섬나라 마을, 병원에서 더위와 말라리아와 싸우며, 서아프리카 땅끝 세네갈, 모래사막 빈민가에서도, 환자를 돌보는 성직자들, 눈물 많은 나라의 수원, 길 위의 벗 손잡는 김대술 신부님, 바로 그분들 곁에서 주 예수 그리스도를 보았습니다.

—장규진, 박희붕외과 프리미어 검진센터 의사

나남시선 89

그대에게 연을 띄우며

김대술 시집

차 례

겨울 나라
뜨거운
노래

제 1부

반야봉 새벽 운무

고와라 마고할미 풍란 향
뒤돌자 언뜻 들추던 세모시 운무
천 년도 수줍어 반야봉 되었다

고운 비구니 굽이치던 가슴
스스로 그어 놓은 경계 흩어
한 땀 한 땀 수를 놓았구나

애타게 찾아야 하는
서성이던 바위를 허물더니
애간장 녹이는 구름이 되었구나

동틀 녘 물 길어 가던 어미 품에
총탄의 연기 아직도 멈추지 않아
피아골 흘러 어디로 가시는지

단 한 번 뒤돌다 가신 임
하얀 피 우뚝 세운 반야봉
풍란 향 피우는구나

반야봉 새벽 운무

동숭동 그리운

보라색 향긋한 애인이 있어
담쟁이 넝쿨도 수줍어 떨리던

오래된 친구 손놀림 익어
가득한 저녁 말없이 건네던

굵은 가난 타고 비틀던 벽
풍물패 연극쟁이 와자하던

골목길 막다른 대학로에 가면
잎들 나풀나풀 정겨웠던 단칸방

까치집 등 붙을 만큼 작지만
낙산 젊은이들 어디에서 오려나

체 게바라 담배 연기 번져
느릿느릿 생각 깊은 커피 향

겨울밤 건너던 애인
있었다는 그리운 동숭동

겨울 나라 뜨거운 노래
- 전인권 콘서트에 부쳐

치명적인 독화살 급히 박히는 빼갈
단검을 심장 깊숙이 휘 비틀고 쑤셔
뺄 수 없는 부끄러운 겨울 나라
전봇대 잡고 비틀비틀 노래할 때
폭풍을 불러들인 차가운 바위섬
한쪽으로만 빗질하며 서서
굵고 거친 소나무처럼
스스로 선택한 그의 외침
비극적인 양귀비에 홀린 거인

환장하게 하는 불덩이
무엇에 취했었는지 묻지 말고
취하지 못한 운명에 저항하라는
독이 뚝뚝 떨어지는 열망을 회복하라는
뭇 것들이 두려워해도 아무렇지도 않다는
펄럭이는 깃발 들고 처음에 서서
곱게 간직한 자화상을 엎어버린다

바위가 되고 태산이 되고 모래가 되었다는
막 떨어지며 팔랑거리는 순수를 바라보라는
동토의 방랑자 설산의 향기가 되어
가슴에 불꽃을 당기게 했다는 것을
선하고 아름다워 홀로 죽어갔다는 것을
겨울 나라는 뜨거운 노래 부른다

세상의 모든 93.1MHz

저항의 소리다
지독한 겨울 베링해
살아왔거나 죽어갔거나 태어나는 것을

무엇을 찾는지
선함으로 돌려놓았는지
가난한 주름살 언제까지
에게해의 살길 죽음 너머에 있는지
고단함은 밤의 고요에 휩싸이는지
문명은 야만과 증오가 흘린 피의 강
위로하는 어머니라고 말하는 것인지

세상의 모든 음악은
발자국 바라보던 해 질 녘
페르시아 낙타 술잔에 담긴
야성을 낳은 시베리아 유배지
카리브해 머릿결 달콤해도
대 자유를 향한 떨림의 순간들인지*

태어난 별들 소리 없이 사라지며
대우주가 먼지였음을 잊어버려도
창백한 푸른 점 우연히 만들어진
높고도 깊은 상처 어루만지는
비극은 당신에게만 있지 않다

• 임현정 피아니스트가 연주하는 〈라흐마니노프 피아노 협주곡
2번〉을 듣고.

일랑일랑*

섬의 둔부를 자극하던
마요트 마다가스카르 인도네시아
석양의 칸쿤 해안 피냐 콜라다 한잔
눈자위 애무하며 비껴가는 여린 바람
두근두근 심장 소리 보라색 파장
그리운 너는 일랑일랑

일 년 내내 꽃으로 터져
춤을 추던 여신들의 미소
귓불과 목덜미에 묻어 나오고
분 냄새 흐드러져도 정갈하여
주황색 점 볼에 수줍어 애틋하고
엷은 노란색 강렬하여 감미로워
첫날밤 신방 멈칫 엎어질 듯
부끄러운 섬 향불 흔들흔들

불발탄 위로 지뢰 깔린 지상
철모르고 전리품이 되어버린
달콤하여 불안한 당신의 곁눈질
생리 전 미세한 감정보다 지독한
최음제가 필요하다는 발작은
터질 듯하여 진정될 수 없나니

세월 거칠거든 저 남태평양
가슴 여리고 미세하여 향긋한
신들이 뿌려놓은 일랑일랑이 되어라

• 일랑일랑(Ylangylang) : 사랑의 묘약이라고도 하며 연인들의
마음을 사로잡는 강렬한 향수의 재료로 사용한다. 필리핀,
인도네시아 등이 주산지이며 말레이시아어로 '꽃 중의 꽃'을
의미한다.

최순우 조선백자 달항아리

봄밤 허기져 막걸리 한잔
어슷 베어 문 깍두기 한 입
물레 멈추던 도공의 고요
달은 가만히 보고만 있다

금사리 가마터 모두 떠나
엄니가 지어준 하얀 쌀밥
제 살길 떠나던 여인 생각
거룻배 뒤돌자 손짓했다

가슴속 응어리 풀지 못해
뜨겁던 불구덩 울부짖어
몇 날을 그렇게 서 있어도
둥근달 텅 비어 가는구나

다시금 만날 날 기약 없어
거친 손 바탕흙 만지더니
강물은 보름달 안아 들고
가만히 흐르며 오셨구나

북악은 마음 없어 오천 년 서성이고
한강은 정을 담아 굽이쳐 흐르는데*
이름 없던 도공을 사랑했던 산하

• 고(故) 신영복 선생님의 작품 〈서울〉에는 "북악무심오천년
(北岳無心五千年) 한수유정칠백리(漢水有情七百里)"라는
시가 방서(傍書)로 붙어 있다. "북악산은 오천 년을 무심하지만
한강수는 칠백 리 유정하구나"라는 뜻이다. 이를 차용했다.

광덕 산장

두메산골 지키는 늙은 호박
밤은 귀뚜라미 찌르륵 귀뚤
고것 참 쫀득 걸쭉 토종닭인지
소주병 속에 맥주잔 빠졌다고
가난한 사제들 와글와글
타닥타닥 모닥불 웃고만 있습니다
큰 칼 차면 장군 같은 갑수 선배
대장 한번 보고 싶다는 강화도령
깊어가는 별들 이렇게도 어여쁜데
새벽만 멀뚱멀뚱 뒤척거립니다
동무들 가득 차 익어 가는데
먼 작은 동네 등불 잦아들어
생각할수록 외로워 보이지만
이다지도 알 수 없는 부끄러움
흐르는 것은 유성만이 아닙니다
검은 산에 기댄 구부정한 나무
별 초롱초롱 사위어가는 초승달
밤을 걸어가는 사람은 씨앗입니다

수원 동해 포장마차

수원역 광장에
빛나는 것이라고는
동해 포장마차뿐이다

푸짐한 세꼬시 한 접시
출렁 한잔에 바다가 넘치면
뱃사람 고기 욕심 있듯
술꾼이 안주빨 있어야지
처음처럼 달콤하다

깔끔한 수원역 넉넉한 주모
추운 도시는 불빛 속으로
따뜻한 웃음 반짝일 때
꼬부라진 길 갈 수 없다지만
두둑한 밀물로 배 띄운다

친구 살아있네! 어서 오시게
술독인지 무엇인지 삐딱하게 기대
갈잎 띄워 창창한 바다 건너세

저녁 의자에 앉아

허기진 배를 채우면 창에는 노을이 충만하고
닦아놓은 덕이 없어 쫓겨나도 저녁은 포근하다

살길 찾아 양구에 가신 친구 밭일 마쳤겠고
고향 바다 벗 삼은 경민이 항구에 들어오겠구나

통영에서 장어 어장 하는 영호도 잘 있는지
수십 년 모슬포에서 짜장면집 철호 형도 잘 있겠지

어린 시절 놀던 친구들 귓불에 흰 수염만 늘고
이루어 놓은 것 없어도 잘 있다는 소식 반갑다

늦은 나이에 푸른 잎 좋아 아침마다 기쁘고
진흙탕 날기 위해 폭풍 기다리는 장자도 벗이 되었다

텅 비어 고요히 조물조물 습기를 멀리한다면
오셨던 장한 벗님들 따라갈 수도 있겠구나

인연 따라 만난 상처 허비한 세월 어루만지고
못다 한 공부한다면 가난한 마음 살찌우겠다

비양도

탱탱한 처녀 배 위에 누워있는 바다
무릎에 차오르던 유년이 머물던 곳
잊지 않고 바람 타고 오셨건만
정박 못 해 비틀대던 아우성

동녘이 먹구름 밀어내도
안아줄 이 어디에도 없다는
부서지고 터져버린 파도에
갯가 멍 자국 가득하다

속삭이던 깊은 물길
무수히 깎인 바위를 다듬어
찬란한 방울방울 때구루루
보라색 보석 잔뜩 깔아 놓았다

비양도 임의 길 오신다던
오를 수 없어 어루만져도
반짝이던 눈물 출렁이며
저만큼 혼자였다

NGC 2440[*]

은하의 강물 열어
물속도 아늑한 추자도
참돔은 꿈을 꾸듯 앉아 있습니다

서로가 만나고 싶어도
바다가 허락해야만 볼 수 있다는
손끝에 두근대며 오셨습니다

눈 깜박이던 사천 광년
낚싯줄 흘리면 가까운 순간
아무 일 없듯 반겨줍니다

비늘 싸인 은빛 NGC 2440
등줄기 수놓은 별의 옷을 입고
바다의 미녀는 어부를 만나주었습니다

붉어 연푸른 참돔
길을 보여주신 미리내의 친구들
오래전에 함께 살았다고 말합니다

• NGC 2440: 지구에서 약 사천 광년 정도 떨어져 있는 별이다.
1광년은 빛이 진공 상태에서 일 년 동안 이동한 거리이다.

지독히 살아간다는 것

백이와 숙제는
고사리 캐 먹다 배곯아 죽고
와도 그만 가도 그만
방랑의 길을 가는 것입니다

가슴에 구멍 뚫린 변방*
커가는 상처 바라만 볼 때
사람의 간을 회로 먹던**
떵떵거리며 삼대가 지나가도
번지르르 분탕질 놀고 싶었는지요

날마다 아픈 것 가득하여
아침 해도 놀라 노을이 되고
하루를 수행하면 자유라지만
충만한 기쁨 결단코 누리고 싶지 않습니다

강호에 고수들 숨어 나오지도 않고
옛날이나 지금이나 가난한 사람들
하늘의 길이 어디에 있는지 묻고 있습니다

• 동아시아의 가장 오래된 신화집 《산해경》(山海經)에 나오는
'관흉국'(貫匈國)을 가리킴. 이 나라에는 가슴에 구멍이 뚫린
사람들이 산다고 한다.
•• 《장자》(莊子) '도척'(盜跖) 편

당신이 그리울 때면

말 한 필 휘어잡아 거친 대지 달릴 때
천상의 임이 불러 천군이 되었는지

매화 향기 쫓아 쪽배 타고 건너갈 때
구름 속 달도 빼꼼히 강줄기 비추었다°

거만한 소나무 잣나무 폭풍으로 몰아쳐
기억하라는 하늘의 이치 주려 했건만

푸르던 세월 장하더니 녹슨 칼이 되어
태산처럼 서 있는 바위에 묻어두었다

풍류 익어 벗님들 꽃봉오리 터졌지만
엊그제 홍안 되돌릴 수 없어 터벅터벅

고운 임 먼저 가고 좋은 시절 빗나가니
곧은 성정 맞지 않아 세상을 버렸구나

떨어지는 번잡한 것 흘려보내시며
오셨던 길 천군임을 잊지 마옵시며

그리울 세상사 한순간도 뜬구름
벗하여 신선이 되었음을 알겠나이다

• 〈찬기파랑가〉

목포의 눈물

찬 공기 마시며
밀고 들어가는 선술집
새벽은 살고 싶다

문득 가고 싶은
오늘도 비루했던
먹장구름 한 가닥 열고 있다

지친 나그네 반기는 골목
아낙의 주름살 술국을 보면
어깨에 파랑새 앉는다

유리 조각 박힌 가슴
구불구불 포구의 이야기
떠나가도 오는 가락 반갑구나

나타샤와 흰 당나귀 엘피판
잠들 수 없어 애잔한 목포
아리디아린 그리움

천종산삼天種山蔘

티베트 천장天葬 보던 새
육신 던져주고 하늘에 심는다
씨 하나에 히말라야가 들었다고
입던 것 남기고 뒤돌아보지 않는다

땅을 사모한 하늘인지
머나먼 골짜기에 오시더니
슬픈 것 모두 품어버린다고
고향이 되고 싶은 귀한 자태
몸에 밴 습기 멀리한 오롯함
꽃대와 몸통 여리디여린 핏줄
사시사철 남모르던 아픔을 품고
바람에 들키지 않아 환생했구나

흙에 얽혀 집념은 강하고
찬 겨울 고행은 인내의 벗
피눈물 삼킨 열망의 청정함
어디인지 모르고 뿌려두면
떨리며 기다란 줄기 기다렸던
어느 가난한 사람 밥이 되라고
오실 심마니를 향한 전설이 되었다

안으로 뜨거운 숨결 흔들려도
뿌리 섬세하여 천 년을 끌어올려
캘수록 헝클어진 실 풀 수 없는
음모와 부정과 탐욕을 멀리하여
온몸으로 터져 나올 씨앗 하나 받아
하늘과 맞대응한 영약이 되고 싶다

투견장

녹슨 창틀에 묶어둔
총각김치 하루 치 컵밥에
빨랫줄 뱃살처럼 늘어진
한 해 두 해 서너 해 지나도
일회용 젓가락만 뚝 갈라진다

고시원 햇빛 한 장 받자고
슬리퍼 끌고 계단 올라가면
노을 가득한 방 하나 있는데
발 뻗어 벽 닿고 싶어서
가슴에 늘 피 냄새가 난다

물고 물리는 기술
본능의 명령 거부하고
두툼한 지갑도 선물도 없이
터졌던 상처 아물지 않았는데
열차는 떠나고 고향은 가깝다

짧은 하루해 날마다
흐르는 피의 강 그치고 싶어
가난한 연기 퍼져나가는데
해마다 다짐을 해 봐도
올해만 그런 거 아니잖아

털보

고등동 뒷골목
서울 가는 길 막혔지만
짙은 안개 포근한 이불처럼
단칸방 있었으면 참 좋겠다

한 치 앞 보이지 않던
드러난 살갗 잊을 수 없도록
숨을 거둔 털보 새벽이 덮어준다

피 토하다 이제야 쉬는 노숙인
급하던 응급 처치실 하얀 시트에
선홍색 뭉클뭉클 피어오른다

공밥이라 먹어도 허기진 눈동자
바라지도 달라고도 않던 수려한 외모
수원역 모퉁이 계절 거슬러가도
지나친 것은 부끄러움뿐이었다

서너 해 텅 빈 말하던 나무
바위에 붙은 이끼 같던 수염
저녁 하늘은 긴 목 늘어뜨려
제 살에 붉은 향 태우고 있었다

전봉준

저녁은 늘 결핍의 시간
얼어붙어도 충만했던 광화문
다시 오신다며 기다린 오늘
어스레한 새벽 충만해진다

어린것 코 흘리자 허둥대던 아낙들
지아비도 삼촌도 없는 쪼그린 저녁
검불 태우며 구수한 밥 익는 냄새
우금치 장한 벌판 다시 일어났다

굽은 할배 넘어질 듯 담배 붙이면
서울 가는 전봉준 잡아주는 헛헛함
앞니 뭉개 섬으로 살길 찾아 떠난
썰물 뒤돌더니 물결 타고 오셨구나

묵은 향 제 혼자 간직하여
곰삭아 가득하던 광장
외롭지 않은 겨울 헤치고
세상은 녹두꽃 가득하다

올 더위
못 넘길 줄
알았는데

제 2부

유달산 달동네

꾸둑꾸둑 말린 민어와 갈치
밥때가 되면 숟가락 하나 더
정겨운 달동네 귀여운 재잘재잘
온금동 서산동 바라만 보던

골목은 무궁화 꽃 깔깔거리고
막걸리 묵사발 우습던 김치찌개
불알만 한 고구마 씩씩했던 서너 개
부광통닭집은 활짝 웃고 있었다

떠밀려 와도 모르고 어디인지 살길 찾아
묻지 않아도 오신 벗님들 정겨워
와자하게 아낙들 한 코 한 코 번지면
사내 같던 겨울바다 그물에 안긴다

타향이라 더욱 마음 붙이고 싶은
밤새 뒤척뒤척 기다리던 파도인지
항구에 오거나 물귀신 된 뱃사람들
웃는 눈물 바라보며 장하게 살았다

고려청자

핏빛 순정
불구덩 속에서 걸어 나와
흙 속에 묻은 세월 파먹던 사람들
남하하던 기억을 산과 강에 담았다

가문 떨친다고 비틀대던 술병
절간 찻잔에 달도 차지 않고
고대광실 단 하루도 머물 수 없어
불길은 불의 단련을 더 하고
불멸의 밤 열흘도 훌쩍 넘겨
천 마리 학 사금파리 되어
서럽던 이 땅을 지키고 있다

눈치 보던 장터 머뭇머뭇 동네 어귀
오갈 곳 없어 밥이라도 먹자던 도공
땔감 자르고 흙을 주무르며 허물던
쭈그린 저녁을 위로한 것은
불 땐 후 스치는 파릇함이었다

황포돛배 포구 떠날 때 훌쩍
떠나와서 그리운 푸른 하늘
흙의 자궁에서 걸어 나온 비취색

웃다 간다

술 먹다 말고 올렸는지
오십구 년 돼지띠 음력 칠 월생
호적에는 오십팔 년 개띠로 적어
두 인생 버거워 취한 개돼지가 되어
올 더위 못 넘길 줄 알았는데 용하다

빌어먹는다고 고생했던
폐에 물 차 먼저 간 박 씨
술병으로 집중치료실에서 죽은 털보
노숙 판 여인 만나 새끼 둔 김 씨
통닭 사러 가다 차에 치인 막내
돌고 돌아왔다며 머쓱한 청춘
같은 처지 요양병원 외로운 이 씨
수급비 삼십팔만 원으로 버티다가 응급실 간 최 씨
모두가 개돼지로 불리며 잘들 살았다

노숙 십육 년이면 도사가 되었다고
고시원 여인숙 달방 게임방
무슨 놈의 역마살 스스로 달리는지
수원 찍고 천안 거쳐 목포 들르더니
새 소식 한 보따리 들고 왔다고 생글생글
이 썩을 놈아 큰집은 안 가냐 징그럽다
지가 이번에 가면 다시 오고 싶은데요
짤짤이 하던 친구들 보고 싶었다

다음에는 돼지로 진흙탕 뒹굴다가
목에 칼이 콱 들어오는 축제 벌여
크게 하늘 보고 웃어야겠다

아코디언

저 흥 좀 보소
밤꽃 향 어질어질
애간장 녹여 분탕질하듯

공짜 술 갈지자
아리아리 스리스리랑
눈퉁이 쪽박 깨져

이 고개 저 산마루
넓은 벌판 뾰쪽뾰쪽
마구 솟구치며

끊어졌다 이어지는
굽이굽이 흘러 흘러
서러운 것들 들쑤셔놓고

흥남부두 판잣집 부산 항구
비 내리는 호남선 달리는
아픈 열 손가락 깔려있다고

멀리서 오셨다나
무대 뒤 바람은 흥겨운지
아코디언도 눈을 감고 있다

누가 아저씨

가도 그만 와도 그만
모퉁이 역전 다방 자주 끌려도
욕심도 없이 아가씨만 웃기고 말던

달걀노른자 동동 뜬 쌍화차
술 한잔 고깃국에 도장 찍었지요
여기저기 합치면 한 십이만 평
친구 색시 이뻐 보증 섰다는
갈매기 날던 구진개 포구
소주 차면 성당 앞 노래 풀던
누런 이빨의 누가 아저씨

평생을 농부로 산 억센 주먹
집문서 땅문서 모두 날리고
수원역 오시면 그냥 보고 싶다는
대파 세 단 쌀 한 말 옥수수 댓 개
담뱃값이나 하실 모양이셨지
날릴 것도 없고 도장 찍어 줄 일 없어
거지 마음이 편하다 하셨지

모든 것은 잠시 옮겨 가는 것이라고
그까짓 거 없는 대로 편한 사람
누가 미워하고 서럽게 했는지 알지
술 대신 농약 칵 먹었다

폭염

삼십팔 도 올라 열 받은
호텔 뜨겁지도 않지만
수원역 뒷길 고가다리 밑
신문 깔고 누운 바닥은
폭염 속에서도 시원한 정자다

일당 까먹고 기둥을 등져
장한 홍두깨 허공을 향해
청량리 오팔팔 옥탑방 고운 여인
입술 홍건히 촉촉한 생각 고여
간만에 시원하게 사정을 끝내고
두리번 헐거워진 바지에 묻을까
하루 치 광고 찢어 대가리 닦아도
흔적을 지우는 일은 쉽지 않다

서너 명 아가씨 두당 오백만 원
자빠진 거시기 살아날 일이 없어
한남동 고대광실 뜨겁지도 않지
예쁜 누이들 아무리 작업을 해도
밤을 통째로 먹어 새벽을 넓혀가고 싶다는
다시 서지 않아 고개 숙인 남자의 꿈

바래봉에서 바라본 지리산과 억새

혼자 먹는 밥

고향 떠나자 더욱 무거운 짐
고시원 한 칸에 풀어 놓는다

막노동 서울살이 길어질수록
굽은 목구멍 가로등도 흔들거린다

강 건너 들썩이고 왁자한 저녁
이불 밖으로 드러난 발 아직도 시리다

국밥 가득 말아도 채우지 못한 빈속
찬 공기 녹이는 종이컵 커피 맛있다

밭두렁 연기 해 지자 사그라지고
신고 배 썩는 보고 싶은 냄새

달 사위여 잠들지 않아 희미한데
늘 그랬듯이 가만히 먼 곳 바라보는

족발

어둡고 긴 터널의 몸부림
한 방 맞아 걸을 수 없는지
덜렁거리며 힘든 새끼들
삶을 삼킬 수가 없습니다

연기처럼 빠져나가는 늙은 아이
세상의 어미들 녹아내린 애간장
막다른 골목의 꿈도 질척거립니다

먹장구름에 이끌려
장한 소나기 뿌리고 싶은지
크게 아픈 것도 아닌 것이
세상 모든 병 고치려는지
메마른 개천 물길 모셔
넓은 바다로 가고 싶습니다

미안하다 우리 잘못 크다
몇 날 며칠 탈출도 아닌 것이
내려다보이는 십사 층 깨끗합니다
상처 난 뼈 마디마디 들어와
진창길 어둠의 소리에 놀라도
날카롭게 찔리고 발린 족발 대짜
둘러앉은 가슴 코카콜라 시커멓습니다

밤새 떨던 폐허
시리아 정부군 알레포 공습처럼
땅의 사람들 살아야 하는데
쫀득쫀득한 날은 오려나 모르겠습니다

장준하 선생님

흩날리며 낙엽 밟던 독립군 후예들
기대고 비빌 언덕 아무것도 없어
장충동 포장마차 밤을 밝힙니다

삼대째 내려오는 가난 이길 수 없고
지하 단칸방 겨울 백 년이나 지나도
사람의 간 썰어 먹던 놈들 떵떵거립니다

발붙일 곳 없어 떠돌던 사람들을 위해
캄캄해도 먼동 트면 새벽이 온다고
약사봉 계곡에 등대를 만들었습니다

원통하고 원통하구나! 우리들의 장준하
메마른 강과 험한 산 넘어 달려오면서
대장부 가야 할 큰 길 보여 주셨습니다

미쳐 돌아가던 1944년 무더웠던 7월
다카기 마사오 충성하라 탕탕거리는데
광복군 장교 그렇게 혈서를 뿌렸습니다

바래봉에서 본 지리산 전경

히말라야 도보 순례

넥타이 길이 끊어버린 여행
향긋할 수 없는 보라색 정상
물끄러미 나그네 쳐다보며
천둥 치던 우리 알고 있다는
슬픔 가득한 지상입니다

가면 오지 않아 서러워도
길 가르치던 길이 되어
상처가 상처를 덮던 눈보라
만년을 견디던 히말라야는
야크 처연한 눈방울 속에
들꽃 향기 가득합니다

휘파람에 놀란 눈사태
짧은 생각상자 우스운 순간
해결할 수 없어 갇혀 버려도
사라지는 것도 도반이었다고
눈의 집은 가르치는지 모르겠습니다

셰르파 운동화 굳은살 꿰매지만
온몸 춥지 않게 모든 걸 갖춰도
모닥불 한 잔의 술에 취할 때
들꽃 웃던 소녀 여신이 되어
그대 안에 계신 히말라야 바라봅니다

보성군 대원사 연잎
- 현장 스님 죽음 체험

현장 스님 죽다 살아나
관 속은 끝나는 것인가
빈손 가만히 펴 보이신다

공양간 굳은살 박인 보살
깊게 살아오신 미소 녹아
연잎 차 노란 향기 내려앉았다

합장하며 오시는 어린것 받아
해와 달 한 장 바람에 모시더니
왔다 가는 인연들 활짝 피어난다

대원사 헛헛하게 울린 종소리
수원역 노숙인들 탑돌이 끝나자
정갈한 밥상 주린 배 고맙구나

거역 못 하는 진흙탕 몸 뒹굴어
수만의 바다 쏟아져 잊지 않는
천 개의 손과 눈이 되었구나

돌아와요 부산항에

"살아있네"
"밥 묵었나"
새벽 자갈치 시장
튕겨 나오는 사람들 정 깊다

출렁이던 세월
영도다리 만나자던
피난민 눈물 포개져
바글바글 판잣집 쌓이더니
금정산 향불 항구도 향긋하다

용두산아 용두산아
오지 않던 대구리 배들 보고 싶어
길던 계단 만날 날 맹세하더니
부산은 부산 갈매기를 낳았다

금정의 어미들
눈물과 구름 바위를 적시고
굽이치며 당신 곁에 있을 때
샘물 오롯이 푸르게 담긴
부산에는 금샘이 있다

궁극의 요리

탐스러운 피부
차마 탱탱한 바다를 닮아
달을 훔친 속살이다

앙다문 이빨
뼈와 심장 핏줄에 감춘 독
심술궂은 커다란 간
날카로운 칼을 품은 알집
부풀어 오른 옹골찬 고집
모두가 거짓말 부릅뜬 눈
물려받아 타고난 본능
치밀하게 제거하고
죽음에 가까이 와 있어도
도도한 목덜미의 선
살랑대던 꼬리의 비열함
피 한 방울 흘리지 않고도
목숨을 탐하는구나

치명적인 복어
칼날 위에 다소곳이
그렇게 살고 있다

남도 여행

푸른 섬들 손짓하거들랑
그냥 남녘 한적한 민박집
아침 한번 안 먹으면 어때
손 내민 투덕투덕 빗소리
이불 당긴 늦잠 맛있습니다

섬이었다가 호수를 낳고
공룡들 신났다고 잠방잠방
왁자하게 뒹굴며 살아간
날개 청청히 하늘에 닿던
정 깊이 박힌 화석입니다

바다 물길 타고 올라오더니
갈 곳 없는 손 잡아주던
푸짐한 웃음 가득하신 밥상
오래된 편지 그리워진다면
사랑은 깊고도 높았습니다

사람들 차곡차곡 신화로 익어
눈물 핑 돌게 가고 싶은 날
살아야 한다는 발목을 잡아도
감출 것도 없는 구성진 섬들
빗소리 오시는 늦잠 맛있습니다

돗돔
-분청사기 음각어문 편병

고려 말 최영의 피비린내
폭풍의 싸움 훤히 보고 있다가
실패해도 받아주던 바닷가로 갔다

사대부 포기하고 백성의 밥이 되자는
계룡사 마지막 예불 식솔을 부탁했다
남녘을 돌로 묶어 한순간 곤두박질
바다는 장렬한 것들 받아주셨다
용왕은 거대한 고기 몸을 주었고
분청사기 음각어문 편병에
놀란 도공 돗돔을 살려 두었다

전설의 심해어 일 미터 구십오 센티미터
수심 육백 미터 더 깊어도 훤한 물속
가거도 부산 앞바다 대마도와 북해도
거칠 것 하나 없던 자유의 꿈이었다
벗님들도 멀리했던 질긴 유배길
단 한 번 뭍이 보고 싶었지만
기다리던 낚시꾼도 늙어버리고

커다란 입과 부리부리한 눈망울
처음 보는 가죽 빛나던 비늘 장식
지독한 수압과 배고픔 깊어도
부드러운 물살 몸을 지나간다

칼 피해 높고도 깊은 꿈
바다에서 태어나 뭍이 그리워
오를 수 없어 선택한 낚싯바늘
분청사기 음각어문 편병에
돗돔은 격동의 한반도를 보고 있다

어제와 내일의 세월호

내 새끼 안 죽어봐서
그 슬픔 아직 모르겠소만
워쩐다냐 환장해불것소

하나둘 떠나던 유배길
삼백네 개의 섬이 되어
고통은 너희들 낳았다고
갯바위 밤마다 철썩거렸다

발가벗은 원시의 물가에서
미끄러지며 반짝이던 어린것들
까르르 깔깔 춤추며 날던 흔적
어미들 가슴에 화석이 되었다

밥 먹듯 기다리라 거짓말 뒤엎어
햇살 바람 타고 두런두런 걸어가더니
날개는 날개를 달고 폭풍으로 달려와
촛불은 겨울 어루만지며 횃불이 되었다

내 새끼 안 죽어봐서 모르겠소만
흐르던 노란 눈물 팔랑팔랑
잊지 않을 기억 담고 담아보아도
보고 싶어 보고 싶다고 살아 있다면

고해성사

할머니 죄를 고백하세요
…….
뭔 죄가 있을랍디요 사는 게 죄지

향수
- 어느 살인자의 이야기*

고통을 만들던 거짓된 시절
썩은 생선에 우글거리는 쥐 떼
내장의 애벌레와 갈라지며 튀는 살점
목을 조여 팔과 관절과 어깨를 으깨
혈관과 뼈를 뭉그러뜨려 헐떡이는 순간
밟아 조용하게 벗겨내던 순결한 피부
갈기갈기 찢어 숨통을 끊어버린 주문
대 자유에 대한 갈망은 당신이 파면했다

우연히 오시며 고요히 내밀던
햇살에 익어 혀끝에 터진 과즙
언뜻 스치는 여인의 머릿결 멀리
마주친 적 없는 부드러운 살결의 감촉
최상의 절대 선을 요구하는 독한 유혹
태초의 동굴에서도 찾을 수 없는
대우주의 고요한 향기 오신다면
슬픔 이긴 당신은 선한 미소에 휩싸인다

염치도 의리도 없는 뒷골목
독재와 반혁명 허망한 쥐 떼
큰일 났네! 큰일 났네! 다 죽었네!**
너희들 심장에 공포를 자극하여
비극이 언 땅에 싹으로 올라오면
깊은 모성이 그대들 단련시킨다면
상처 입은 벗들과 함께할 수 있을 것이다

• 톰 티크베어 감독의 영화 〈향수〉
•• 최순실(최서원)의 전화 통화

시대의
투망

길 위의 사람들[*]

　일제는 강점기였던 1923년 감화령을 발표하고 1924년 10월 1일 함경남도 영흥에 조선총독부 직속의 감화원인 영흥학교를 설치한다. 18세 미만의 소년 중 불량 행위를 하거나, 할 우려가 있는 자를 감화시킨다는 목적이었다. 불량 행위에는 가벼운 절도뿐만 아니라 항일 독립운동을 하는 자도 포함해 식민지 지배 정책에 철저히 순응할 수 있도록 했다. 이후, 계속되는 일제의 수탈로 몰락하는 농민이 점차 늘어나고, 이들이 도시 빈민으로 전락하면서 일제에 대한 불만이 더욱 고조되었으며, 거리에서 유리걸식하는 사람의 숫자도 점차 증가했다.

　1938년 10월 전남 목포의 고하도에도 목포학원이라는 감화원을 설치하였으며, 1942년 감화령을 더욱 강화한

• 다음 자료를 참고함.
　- 하금철(2016. 9. 23), 저 야산에 묻힌 원혼들은 무엇을 말하고 싶었을까. 〈비마이너〉.
　- 서상요(2000), 《성 라자로 마을 50년사》.
　- 디지털 안산 문화대전 홈페이지, 정진각 집필자 자료.

조선소년령을 발표한다. 그해 경기도 안산의 선감도에 선감학원이라는 감화원을 설치하면서 선감도 전체를 매입하고, 부랑아들이라고 일컬어지는 독립투사의 자식들을 끌고 와 강제노동을 시켰다. 1945년 해방될 때까지 250여 명의 아이가 숨졌다.

1942년 태평양 전쟁의 발발로 감화원은 인적, 물적 자원을 수탈해 가며 감화의 단계를 벗어나 군사를 양성하기 위한 수단으로 전락했다. 1942년 7월 조선총독부 소년계 판검사 회의 서류철에 의하면, 경기도 안산의 선감학원 등 감화원의 목적은 "사회 반역아 등을 보호 육성하여 태평양 전쟁의 전사로 일사 순국할 인적 자원을 늘리자"로 명시되어 있다.

소년들을 감화시킨다는 평계로 선감학원은 어린 소년들의 조선 독립 의지를 말살시켰고, 일제는 소년들을 전쟁의 소모품으로 이용하였다. 이들은 탈출을 기도하다가 실패하거나, 구타와 영양실조를 견디지 못하거나,

초근목피를 씹다가 버섯류를 잘못 먹어서 목숨을 잃었다. 결국, 수많은 어린 생명이 희생되었다.

경기도 안산의 선감학원은 단순한 부랑인 시설 문제가 아니다. 껌팔이, 구두닦이, 신문팔이 등 의지할 곳 없던 우리 아이들이 얼마나 외로웠을지 짐작이 간다. 부랑인 문제는 일제 식민지 과거 청산, 소년 부랑인 정책, 군사독재정권의 폭압 등의 문제가 집약된, 한국 현대사 모순의 축소판이라 할 수 있다.

경기도 의왕시에는 성 라자로 마을이 있다. 1945년 조국의 광복과 더불어 비애를 가슴에 안고 온갖 수모를 운명처럼 감내하고 살아온, 이 땅의 한센 환우들을 돌보는 기관이다. 공동으로 살고 있던 마을에서 벗어나 시내 외출을 할 때 이들 나환자는 '사회에 나갔다 온다'라고 말한다. 그만큼 일반 사회를 두려워했다. 8·15 광복은 이들이 죽음의 수용소나 다름없는 소록도로 붙잡혀 가는 것을 모면하게 해 주었다. 으슥한 공동묘지나 사람들의 눈에 잘 띄지 않는 강가의 다리 밑에 몸을 숨기고 있던 나환자들과 재가 환자들도 세상 밖으로 다닐 수가 있게 되었다.

국가 차원의 부랑인 '보호' 대책이 본격적으로 수립된 것은 1981년 부랑인에 대한 일제 단속과 사회조사 시행 이후이다. 서울올림픽이라는 국제행사를 앞두고 대외적 이미지 구축을 위한 사전 작업으로, 1981년 4월 20일부터 8일간 전국에 걸쳐 연인원 1만 9,300여 명의 공무원을 동원하여 시행하였다.

1982년까지 경찰은 부랑하지도 않고, 연고자도 명확한 아이들까지 잡아 선감학원에 넘겼다. 붙잡힌 아이들은 매일 곡괭이로 매질을 당하고 광활한 염전을 일구는 중노동에 시달려야 했다. 일부 아이들은 매질과 노역을 피해 바다를 헤엄쳐 탈출하고자 했으나, 거친 파도에 휩쓸려 시체가 되어 선감도로 돌아와야 했다. 그리고 이 사체들은 인근 야산에 소리도 없이 암매장되었다.

부랑인과 노숙인의 출현은 현대사의 산물이다. 소년 부랑인, 일반 부랑인, 나환자 부랑인, 고아, 정신질환자, 가족 단위 노숙인 문제는 일제의 36년 폭압적인 통치, 분단의 비극, 6·25 전쟁, 군사독재정권, 1997년 IMF까지 관통하고 있다. 우리를 슬프게 하는 것은 현재 진행형이다.

이하라 히로미츠의 소설 《아! 선감도》에는 주인공 조소국이 등장한다. 1945년 8월 초 선감학원을 도망쳤지만, 다시 일제 순사에게 붙잡힌다. 섬 주민들이 선처해 줄 것을 호소했지만, 일제의 순사들은 그를 죽도로 무참하게 두들겨 팼다. 신음 하나 내지 않던 조소국은 갑자기 눈을 번쩍 치켜뜨며 둘러선 사람들에게 마지막 절규를 한다. "나는 왜놈이 아니다. 조선 사람이다." 이 한 마디를 남기고 혀를 깨물어 목숨을 끊고 만다.

신영복 선생님을 기억하며

가슴에서 출발한 밀양은 멀기도 멀었습니다. 유의태 의원이 심의 허준에게 의원의 정진을 위해 당신의 시신을 해부하도록 내어놓은, 얼음골이 어딘가에 있는 깊은 산중이었습니다. 봉분도 하지 않고 바닥에 누워 계신 선생님의 낮과 밤은 이름 없는 풀들이 제각각 손짓하고, 산새들만 자기들의 언어로 노래하며 날아다니고, 바람은 낯선 사람의 얼굴 위를 어루만지며, 흩날리던 겨울 눈 다발만 황량했습니다. 아이들 손잡고 소풍 가셨던 야산, 선생님께서는 그토록 열망하던 자유스러운 영혼들과 함께 계시니 행복해 보였습니다.

서도반 철모르던 젊은이들과 소풍 가신 날, 열댓 명 냄비 밥 해대던 저를 보고 미소 지으시더니, 역사의 진보를 허망해 하던 저에게 칼날 같은 질책으로 가슴 뜨겁게 하셨습니다. 전시회 한다고 바닥에 선생님 글씨 깔고, 연구원 기숙사 방에 있던 저에게 담배 심부름시키실 때가 제일 기뻤습니다. 제주집에 오셔서 아버지의 참돔 회 한 상 받으시고 가난한 집안에 '빈손' 글씨 주셨습니다.

글 알아보던 동생 얼굴 빛났습니다.

그해 춥던 겨울, 선생님은 먼저 가시면서 저희 가슴 가슴마다 천 개의 손과 눈동자를 남겨두셨습니다. 엄혹한 시간이었지만 계속 길을 가야 한다고 눈물을 흘리셨다지요. 마른 풀잎처럼 여위어만 가시면서, 무릎 꿇어 아무 말 없던 제자들의 눈에 영롱한 눈물이 흐르는 것을 보면서 당신은 무슨 생각을 하셨는지요. 펑펑 슬픔 다독거리는 아린 눈발 오시던 겨울, 선생님께서 애정을 주셨던, 이십 년 옥살이 같이했던 보일러공 이흔우 님을 저는 찾아갔습니다. 가난한 사람들 외로웠던 사람들과 함께하셨던 기억의 언어에 놀랐습니다.

선생님 닮은 제자들 겨울 달래며 햇살 맞이하고 있습니다. 1주기 저녁 두런두런 이야기하다가 잘 차린 상 받던 저희, 떡신자가 최고였다는 선생님 그리웠습니다. 세상이 바뀌어 가고, 혁명은 이제야 시작했습니다. 길고도 긴 세월이었습니다. 시대의 밥상이 되신 선생님은 함께 더불어 이 길을 가라고 하셨습니다. 울컥울컥 당신이 보고 싶을 때면, 처음처럼 더불어 숲이 되어 당신을 닮듯이 사람을 사랑하는 것입니다. 밀양에 가면, 유의태가 의원의 정진을 위해 제자 허준에게 당신의 시신을 내어놓았던 것처럼 당신이 계십니다. 이 땅의 스승들 그립습니다.

닥치고 이거나 먹어라

가난한 백성 돌보던 선비정신 마치고 삼대 지나 노숙인이 되고 보니 갑오 을미 지나 그렇지 않아도 병신년인데 죽지도 않고 또 왔네 백성이 하늘이라 피 흘려 외치는 우금치 하얀 동학 혁명 함성 뭉개고 남태령 건너가다 주막집 눌러앉아 노름판에 끼어들고 경술년 쪽팔려 장한 독립군 총칼 빼앗겨 최후 마치고 베트남 중동 독일 부산항 평화시장 공돌이 공순이 반도체 죽어나가도 사람 생간을 썰어 먹던 놈들 천년만년 마치고 옥탑방 뜨거운 쏘주나 퍼먹어라.

전쟁 통에 목숨 바쳐 피 흘린 군인정신 욕보이고 백성들 총부리 군홧발로 깔아 짓밟고 돈 한 푼 없다고 배 째라는 대머리 마치고 장돌뱅이 뱃사람 연극쟁이 은둔자 가슴에 구멍 뚫린 개돼지가 되어 광장의 너와 나는 최루탄이 대가리에 지랄탄은 눈구멍에 살수차는 가슴에 박혔다 닥치고 이거나 먹어라.

하도급 잡는 임금착취 노조면 다냐 고용불평등에 임
금격차 해마다 월급 이 모양이니 상납 야간 허리 삐끗
피시방에 밤낮 죽치고 남산 썩은 밑구멍 냄새 다 잡아
족쳐도 독주 혼자 퍼먹고 대리운전 이주노동자 헛일 몸
파는 노래방 아르바이트하다 말고 돈 돈 돈 흘러 흘러
밥 한술 뜨자고 요양원 똥걸레나 빨게 하고 허둥지둥 고
물 된 몸 손수레로 입에 풀이 붙었는지 모르고 담뱃값
올려도 열 받아 더 피워대고 중고딩 푸른 혁명 옥상에서
뛰어내려도 스카이 고시 도로 아미타불 약이 올라 눈 벌
건 사무장 되었다.

국민연금 이리 빼고 저리 돌리는 장난 마치고 30년 착
실히 부어 은퇴하면 준다는 50만 원 마지막 희망 이것밖
에 없다 쟁여놓은 대기업 돈 풀어 중소기업 하청업체에
게 돈 풀어라 최저임금 올리고 고임금 내리거나 동결하
면 될 것을 낙수효과 웃기지 마라 재벌 배때지 나온 이
유를 정녕 모르느냐 88만 원 세대 N포 세대 무섭다 아프
니까 청춘이라고 속아 넘어가지 마라 아픈 세상을 바꿔

야지 너만 성찰하고 동사무소에서 인문학 하냐 썩은 공
동체 불평등을 해소하고 국민이 힘든 이유가 뭔지를 알
아 정치 세력화해야지 자기에게만 관심을 두고 힐링한
다는 값싼 인문학 벗어나 굴곡진 이 땅 야산의 돌멩이
하나 깊은 골짜기 주름 깊은 노인들의 얼굴을 깊이 관찰
하여 우리가 아픈 이유가 무엇인지 우리가 함께 누려야
할 것이 무엇인지를 성찰하지 않으면 닥치고 이거나 먹
어라.

3D 업종 안 간다고 웃기지 마라. 1년 하고 모가지 날
아가고 임금 적어 새끼들 가르치지도 못하고 그것 벌어
결혼도 못 하고 고물가에 어떻게 살아가냐 그러니 노숙
하지 대기업에 목매고 달라붙지 이대로 어영부영 살다
가 죽겠다는 십 대들 낄낄거리는 희망 없다고 포기하는
그들에게 뭔가를 보여줘야 할 것이 아니냐 이 썩을 놈들
아 당장 닥쳐라.

뱃가죽 삐쩍 마른 개천에서 용 나냐 묶어 놓은 돈에서 용 나지 물려받아 속고 속인 말하기 좋은 가업에서 용 나지 좋은 게 좋은 거냐 투명하게 장사하고 정당하게 경쟁하게 고쳐놔야지 최소한 출발선은 같아야 할 것이 아니냐 3선 짜장면 맛있기나 하지 4선 하면 구렁이지 영광스러운 국회의원이냐 정책을 고쳐야 개천에서도 용이 나올 것이 아니냐 공부하는 학자들 연구 못하면 노가다 돈이나 벌어라 공부해서 네가 가지려고 하지 말고 제발 우리가 남이냐 백성에게 돌려줘야지 국민을 위해 잘못된 것을 피 터지게 연구해야지 할 것 못하면 닥치고 이거나 먹어라.

혁명의 꿈 팔아먹고 선거철 되면 배때지 두둑 정치인이나 빽 없으니 돈 없고 언론에 알박기 입을 틀어막고 푸른 수도자 빼놓고 각종 종교는 아가리만 아프고 한탕 하면 두 탕하고 싶은 조폭 블랙 검사 마치고 고관대작 되거나 돈 되는 변호만 한다고 웃기지 마라 못되게 만들어 돈 처먹는 무슨 놈의 법조인 변호사냐 그것이 가문의

영광이겠지 고물 된 전투기에 웃돈 주고 아랫돈 받는 국
방의 검은돈들 그래 별 달려면 무슨 짓을 못 하냐 아이들
이 무슨 고민이 있는 줄도 모르고 시간이나 때우는 선생
들 무슨 놈의 자기계발서냐 좋다고 힐링하냐 그러면 관
료들 가만히 있는 세상이 바뀌냐 지역의 의원들 만나 아
프다고 바꾸라고 표 줄 테니 이번 선거에서 우리 대변인
되어 달라고 악써야지 그래야 최소한 바뀔 것이 아니냐
검은돈 날아다니며 오백만 원 아가씨 들이대도 다시 서
지 않는 대가리 쳐다보고 웃어라 웃어.

　강호의 고수들 처박혀 나오지도 않고 어두운 시대 어
른 나올 기미 보이지도 않고 윗물도 아랫물도 맑게 흐르
기는 글렀고 줄 잘 서 법관 마치고 전관예우 눈먼 돈 도
둑질 이놈이 먹으니 저놈도 처먹고 나랏돈이 쌈짓돈이
냐 골수가 빠지고 국민의 피가 뭉친 혈세지 그래 고기
맛이 살살 녹고 쫀득쫀득 찰지지 골빈 애인하고만 나랏
돈으로 좋은 곳에서 힐링하냐 그곳이 극락이냐 아수라
판이지 뒷구멍에서 누이 좋으니 매부도 좋다는 야합하

던 것들 다 일제에게 배운 못된 버릇들이지 버르장머리
를 단단히 고쳐놔야 한다 쥐새끼 최 씨나 박 씨나 달리
고 달려 염치도 명예도 돈이면 장땡이냐 닥치고 이거나
먹어라.

산업화의 주역이라고 그때가 좋았다고 그래 뭐가 좋
았나 민주화운동 하면서 감옥에 간 것이 자랑이냐 줄 잘
서 자기만 살겠다고 어쩔 수 없었다고 새끼들 밥 먹여야
한다고 배반한 놈들 기득권을 내려놓고 후배들을 위해
오늘을 다시금 반성하고 내일의 주역들을 키우고 살리
는 작업을 해야지 늙어도 배워야 하고 죽을 날 가까워도
백성을 사랑하고 그들의 아픔이 무엇인지 이 작은 공동
체를 생각해야지 어차피 빈손으로 왔다가 한 줌 재로 가
는 거야 살아 있으면서 살아갈 아이들을 위해 물불을 가
리지 말아야지 나이가 들면 무서움도 없고 할 말은 하고
무엇인가 흔적을 남겨야지 은퇴하여 좋은 곳 여행이나
다니고 편하게 지내면 세상이 바뀌냐 살아 있는 것이 수
치인 줄을 모르느냐 제주 4·3 광주 용산 세월호 광화문

사드 흙수저 뒤로 넘어져도 코가 깨지고 펜이 검보다 강하다는 기자정신 닥치고 당장 퇴진하라.

앞뒤 좌우 상하 통째로 뒤집어엎어 싼 관에 조문객도 없이 깡그리 불태워 ×× ×× 사람이 하늘인 민주 공화국 기억하여 이거나 먹어라 냉엄한 국제정세 인정한다지만 강대국 깡패 국가 뒷골목 양아치 조폭 수준 밀어내고 세상의 고통 두 눈 부릅떠서 함께 부둥켜안고 저항하고 바꾸려고 밀어붙여야지 어린 것들 등에 업고 바다 건너 살길 찾아 떠나는 저 난민을 보아라. 가족들 살게 한다고 이국땅 멀리 와서 밤이나 낮이나 몸이 부서지게 일하는 이주노동자 보아라. 첫 말 배우는 것이 '야 이 새끼야' 이것이 사람 사는 나라냐 베트남 전장에서 죽인 사람들과 그곳에서 까 놓은 새끼들 어떻게 할 거냐 옛날 선배들이 독일의 탄광에서 간호사로 옥수수밭에서 배고파 이빨 앙다물면서 고생했음을 기억해라 그들의 눈에서 피눈물을 닦아주기는커녕 쥐어짜는 행태들 닥치고 이거나 먹어라.

백성이 나라의 주인이고 우리가 이 땅을 피로써 지킨
것이 아니냐 우리 흙에 맞는 것을 심어야지 그래야 과실
튼튼하지 누가 갖다 주냐 우리가 바꿔야지 백성이 나라
의 주인이고 나머지는 종들이다 종이 주인을 섬기게 해
야 한다 한라에서 백두까지 우리끼리 손잡고 어깨동무
평화통일로 가야 동북아시아를 넘어 지구촌의 아픔을
위로해 줄 수가 있다 이 썩을 놈들아 당장 닥치고 이거
나 먹어라.

바래봉에서 본 지리산 전경

이스라엘 순례를 마치고

내키지 않는 길이었습니다. 거룩한 땅은 어느 곳에도 없고, 당신이 서 있는 곳인지 모를 일입니다. 남루한 어린 눈동자 어른들 눈치 보며 원 달라 원 달라 팔던 어설픈 피리 소리, 모래사막에는 천천히 낙타 발자국 사라졌습니다.

황량한 복수의 땅, 무엇을 그렇게 찾는다고, 야비하게 헐떡이며 골고타 언덕 고통도 모르는 듯 바람만 일고 있는, 목동의 청바지는 애처롭게 하늘을 기대어 팔랑거렸습니다.

통곡해야 할 벽에 눈물은 없고, 전차 경기하던 밤의 향락, 로마군단을 위한 바닷가의 목욕탕 별것도 아닙니다. 지중해 넘실대는 물결은 오줌 한 번 갈기면 발목 잠기는, 내 고향 추자도 후포와 똑같았습니다.

탐욕의 총소리 두려운 분리장벽 이천 년 지나도 걷히지도 않더니, 제 자식들 피 흘리게 몰아붙이며 같이 살아가는 땅은 없는 것인지. 허망한 길 포기하고 구도의 동굴에서 나는 어디에서 왔는가? 나는 누구인가? 우리는 무엇인가? 명상해야 하겠습니다.

소박한 삶을 살아가던 베두인족 자유스러운 영혼들, 별들만이 우리들의 희망인지 모르겠습니다. 한낮의 무더위를 식히는 바위를 뚫고 흐르는 생수, 조용한 사막을 감싸던 모래바람, 말할 수 없는 별들의 아름다운 명멸, 입안 가득한 대추야자의 달콤한 맛, 결단코 우리를 위로하지 않습니다.

함께 걷던 사람들 가슴속에 별 무리가 찬란하여, 새로운 기운으로 이 땅의 가난함이 높고도 높아 외로움이 깊은, 사람들을 위한 일들이 성지라고 말하는지 모를 일입니다.

순례의 길은 우리가 만들어 나가야 합니다. 이 땅의 사람들이 왜 이다지도 슬퍼하는 것인지, 모두 아파서 중

병에 걸렸는데 도무지 약도 의사도 무서워 덮어버린 것
이나 마찬가지입니다. 그 이유가 어디에서 왔는지 성찰
해야 합니다. 어린아이에게서 노인에 이르기까지 도무
지 길이 없다는 아우성이 하늘을 울립니다. 이 땅의 슬
픔을 발견해내고, 세상을 변화시키려는 굳은 실천적인
사유가 있는 곳이 거룩한 땅입니다.

광장에서 30년

그 옛날 어른들 창춘과 하얼빈으로 쓰러진 조국을 구한다고 떠났지만, 철모르고 밥이나 먹자며 가방 하나 들고 시작한 서울 생활 부끄럽습니다. 시절이 어떻게 돌아가는지도 모르고 군대 제대하고 살길 찾아 도망치듯, 떠나면 뭐라도 되겠지 하고, 가야호 타고 목포에서 국수 한 그릇 먹고 서울역 왔지요. 거칠어도 바다 고기나 잡아먹을 걸, 난을 피해 섬으로 갔다가 섬을 떠났습니다.

비빌 언덕 없어 광화문 뒷골목 우당 독서실, 연탄에 밥해 먹던 시절이었습니다. 남산 밑 중앙일보 신문 배달, 암표 장사, 지하철 막노동, 야간경비, 이것저것 지칠 때 청량리에서 김밥 떼다가 서울역 지나 노량진까지 겨울 한 철 장사 짭짤했습니다. 서울역 맞은편 단과전문 대일학원 칠판 닦으며 학원 다녔지요. 한 해 두 해 서너 해 학력고사 시험 포기하고 죽치던 세월 차츰 길어졌습니다.

거짓말, '탁' 치니 '억' 하고 죽었다는, 밤새 맞다가 깨어나면 물고문 끝에 죽고, 총 맞아 죽고, 배 갈라 죽고, 불타 죽고, 떨어져 죽고, 뒤통수 망치 맞아 죽고, 끌려가다 밀려 죽던, 미친 시절이었습니다. 박종철 열사 죽었을 때 광장마다 강물처럼 넘치던 군중들, 젊은 친구 서울시청 태극기 꽂는다고, 빗물 통 올라갈 때 떨어지면 죽는다고 밑에서 어깨동무 수십 명 떠받치고 있었지요. 서초경찰서 유치장 밤도 길었습니다. 최루탄 지랄탄 광화문에 눈깔들 많이 빠졌습니다. 이한열 열사 최루탄 맞아 죽었을 때 광미호텔 기거하며 진도모피 장사하던 마산 아저씨와 연세대 교문 앞 스피커 지키고 있었지요. 깔려 죽지 않아 다행이었습니다.

2017년 겨울 광화문 촛불 혁명까지 딱 30년 걸렸네요. 고등학교 마치고 좋은 대학 갔다고 좋아하던 부모님 속이고 야학에 위장 취업 당연히 갔던 동지들, 선배 잘 만나 출세해 별만 달았지요. 귀농한다고 숨어 지내고 이제는 강호에서 나오지도 않습니다. 습하고 질긴 것들을

115

바꾸기가 이렇게 세월을 좀 먹어버릴 때, 나이 들어 희끗희끗 어질어질 몸은 금 간 곳 많고, 갈 길은 먼데 해 떨어지고 있습니다. 친구들과 함께했던 광화문 월권 밥집에서 푸짐한 제육볶음에 쏘주는 특별했습니다. 동숭동 휘청거리던 뒷골목도 그립습니다. 없는 것들이 직업 변변치 못해 밥 얻어먹기도 어렵고 운 좋았는지 장가들어 고1 어린 딸 손잡고 광장에서 촛불을 밝혔지요.

빚진 세월이었지만 찔레꽃 향기 높았고, 김민기의 아침이슬, 양희은의 한계령, 흩날리던 꽃송이들 장했습니다. 이름도 없이 함께했던 광장의 사람들, 제 한 몸 아끼지 않고 바닥 들어 올리려던, 지금도 가난한 동지들 생각하면 부끄럽습니다. 종종 만나 술잔을 기울이고 서로의 영광과 상처 어루만져도, 오신 새 사람들 희망입니다. 푸른 청춘 내놓았던 친구들 보고 싶고, 갚을 길 없는 큰 빚을 졌습니다. 흙의 뿌리를 변화시킨다고, 향긋한 순결 우주로 밀어 올리듯, 민주주의는 피를 먹고 더욱더 커야 합니다.

2017년 3월 10일 또 하나의 역사

천년이 지나도 밥이 하늘이며 하늘은 혼자 못 가집니다. 백성이 하늘임을 잊지 말아야 한다고 먼저 가신 선생님은 저희를 가르치시고 그렇게 행동하셨습니다.

2017년 3월 10일 오전 11시 22분
이정미 헌법재판관이 헌법재판소에서 낭독한
2016헌나 1 대통령(박근혜) 탄핵사건 결정문 일부

피청구인의 헌법과 법률 위배행위는 재임기간 전반에 걸쳐 지속적으로 이루어졌고, 국회와 언론의 지적에도 불구하고 오히려 사실을 은폐하고 관련자를 단속해 왔습니다. 그 결과 피청구인의 지시에 따른 안종범, 김종, 정호성 등이 부패범죄 행위로 구속 기소되는 중대한 사태에 이르렀습니다. 이러한 피청구인의 위헌·위법행위는 대의민주제 원리와 법치주의 정신을 훼손한 것입니다.

한편, 피청구인은 대국민 담화에서 진상규명에 최대한 협조하겠다고 하였으나 정작 검찰과 특별검사의 조사에 응하지 않았고, 청와대에 대한 압수수색도 거부하였습니다. 이 사건 소추사유와 관련한 피청구인의 일련의 언행을 보면, 법 위배행위가 반복되지 않도록 할 헌법수호 의지가 드러나지 않습니다.

결국, 피청구인의 위헌·위법행위는 국민의 신임을 배반한 것으로 헌법수호의 관점에서 용납될 수 없는 중대한 법 위배행위라고 보아야 합니다.

피청구인의 법 위배행위가 헌법질서에 미치는 부정적 영향과 파급효과가 중대하므로, 피청구인을 파면함으로써 얻는 헌법수호의 이익이 압도적으로 크다고 할 것입니다. 이에 재판관 전원의 일치된 의견으로 주문을 선고합니다.

주문, 피청구인 대통령 박근혜를 파면한다.

2017년 봄은 겨울을 부둥켜안고 오셨습니다. 밤이 깊을수록 별은 더욱 빛난다고 먼저 가신 선생님은 우리를 가르치시고 행동하셨습니다. 뿌리 깊은 적폐청산, 공동체의 선을 위해 눈물겹던 들불의 후예들, 촛불 혁명은 아름다움이 무엇인지 가르치고 있습니다. 기록된 역사는 기억으로 되살아나 거친 벌판 어제의 나를 성찰하고 광장을 넘어 내일의 우리를 희망합니다.

김중업을 기억하며

제주 4·3 사건 때 비행장에서 총살당하던 수많은 질긴 억새를 잊지 못한다고, 김중업은 용담동에 지금은 허물어진 제주대학교를 우뚝 세웠는지 모른다. 아픈 제주의 역사를 일으켜 시대를 앞서가자는 것이었지. 이 층에서 삼 층으로 휘어져 가던 경사길 낮게 앉아 공포와 울분 다 보고 있던 초가집은 제주 사람들을 닮았지. 해안경비대의 나팔 소리 검푸른 바다와 화산도가 놀라도, 유려한 곡선에 바람만은 유령처럼 아직도 가슴에 박힌 아픔을 비켜서 간다.

일본 밀항을 위해 파키스탄 방글라데시 청년들 부산항으로 몰리듯, 일본 순사에게 교육받은 놈들에게, 그들에게 아부하고 잘 보인 놈들에게, 경찰 육지 것들, 서북 것들, 산 부대에 쫓겨 어디로 가야 하나 모를 어두운 시절 잊지 말라고, 탁 트인 바다를 보고 있었지. 허허한 세월 사라진 수많은 상처 위로한다고, 달밤 초가집에 호박꽃 올려놓았던 파도 소리 텅텅거렸다. "배는 점점 먼 바다로 나가고 있었다. 사격은 이어졌다. 총성은 멀어

지고 있었다."* 김중업의 제주대학교는 화산도의 기록
을 웅변한다.

육지 것들 정권 바뀔 때마다 먼 유배의 섬, 그 후손들
형형한 눈빛으로 새로운 시대를 준비했다. 서러워도 꿈
꾸던 북방 머나먼 길 오실 때, 가져왔던 붉어 푸른 노란
초록 형형색색을 담기도 하고, 소나무 잣나무 오롯한 정
신 꼿꼿해도 더덩실 신명 뒷산을 훌쩍 넘어, 장구와 꽹
과리 풍물패 울리며 병아리 물고 가는 야옹이, 개로 모
를 잡았냐는 윷판 마당 왁자하게 풀어놓기도 하여, 길을
잃어버린 우리 보고 있다고 말하던 김중업이었다.

찬 바닷바람 구부러져도 튼실하게 이기던 소나무 서
더니 누워있고, 억센 손에 흙도 척척 달라붙어 물질하던
아낙들, 겨울바람 얼어붙어도 남방 봄 내음 치맛자락 슬
쩍 걷듯 사립문 열어 대청 기둥을 돌 때, 분 향기 마님

• 김석범, 《화산도》, 11권 305쪽 참고.

121

방 새색시 수줍던 기억, 좁쌀 막걸리 불콰한 노을을 그리워했는지, 날아가던 버선코 처마 밑에 걸렸는지, 잇몸 가지런한 지붕 오름을 닮았다고, 나무가 들어와도 바람을 막지 않고, 하늘이라 높아 보고 싶다고 문살 창호지에 겨울도 앉아, 수평선 넘어가는 가야금 산조를 꿈꾸던 김중업이었는지 모를 일이다.

숨 막히던 억센 세월, 가슴도 이빨도 떨게 하던 것들 위로했었지. 먼 곳에서 왔다고 가야 할 길을 말하려는지, 질긴 바람도 하늘도 거친 바다를 닮아, 사라진 용담동 제주대학교에는 유려한 곡선이 있었다.

섬기는 사람들

세조실록 의약록 편을 보면 의원을 8등급으로 나누고, 그 최고를 심의心醫라고 한다. 이은성의 《소설 동의보감》에는 유의태 의원이 나온다. 유의태는 많지 않은 제자들에게 의원 중의 최고인 심의 — 한의학에서 신체의 병뿐만 아니라 환자의 마음까지도 고칠 수 있는 의원을 말하며, 병자가 늘 마음을 편안케 하여 불안하지 않게 함으로써 병을 고치는 의원 — 가 될 것을 몸소 실천하고, 특별히 애제자 허준에게 가르쳤다. 미리 마음을 다스려주므로 병이 나지 않게 예방도 시켜줄 줄 아는 의원, 병든 자가 보기만 해도, 음성을 듣기만 해도, 따스한 손길로 만져만 줘도 금방 병이 나을 것 같은 의원일 것이다.

소설에서 유의태는 비인부전非人不傳 — 사람 아닌 자에게 도를 전하지 말라 — 즉, 스스로 의원으로서 한 치의 실수도 용납할 수 없는, 비정할 정도의 철저한 수련과 인간으로서 완성을 향한 간절한 열망이 없는 사람에게는 의술을 가르칠 수 없다고 푸른 칼처럼 말한다. 의원이 병과 환자를 대하는 태도를 말하며, '사람이 곧 하늘'이라고 믿는 '측은지심'을, 이은성 작가는 유의태를 통해 오늘을 사는 우리에게 말하고 있는지도 모를 일이다.

굴곡진 이 땅의 역사에서 필연적으로 나올 수밖에 없는, 부랑인과 노숙인의 출현은 우리를 슬프게 한다. 삶의 의미를 놓아버린 사람들, 어떤 서비스도 바라지 않는 사람들, 무기력하게 죽어가는 이 땅의 백성을 대하며 살아간다는 것은, 삶이 주는 무게를 더할 수밖에 없다.

일제 36년의 폭압적인 통치, 일제를 청산하지 못한 울분, 분단의 비극, 계속된 일제의 부산물, 독선과 아집 극한의 폭력 군사독재, 그리고 IMF, 정치의 후진성과 경제의 불평등한 편중은 한민족의 비극뿐만이 아니라 이 땅에 부랑인과 노숙인을 양산한 결정적 원인이다. 더하여, 우리 민족이 가지고 있던 아름다운 전통과 공동체 정신은 밑에서부터 절체절명에 놓였다. 우리는 동족상잔의 고통을 피 흘리며 지켜낸 장엄한 군인정신도 있고,

짧은 시간 동안 배고픔을 잊게 하는 눈부신 경제성장을 이루어냈다. 그러나 경제성장의 성과를 누가 가져갔는가? 국민과 중소기업이 목숨 바치며, 열악한 작업환경에서 밤을 밝혀 일한 대가를 재벌 대기업이 독차지했음은 분명하다. 가면 갈수록 불평등과 임금의 격차는 굳어지고 국민 모두는 절망의 나날을 보내고 있다. 88만 원세대, 잉여 세대에서 시작한 청춘들은 이제 N포 세대로 가득하다. 누가 불평등한 조국을 만들었나? 누가 불평등한 대한민국을 바꿀 것인가? 지난 30여 년 동안 산업화 세대와 민주화 세대는, 기득권을 지키며 불평등한 조국을 내버려 뒀음을 뼈저리게 반성해야 한다. 아래에서 위까지 모든 백성이 희망을 상실한 지 오래됐다.

우리는 자주독립을 향했던 선열들의 고통 속에 우리가 있음을 자각해야 한다. 자신의 몸과 가족을 포기하면서, 또는 가문의 멸절을 보면서도 일제에게서 독립을 쟁취했던 고귀한 헌신을 우리들 영혼 속에 각인시켜야 한다. 그리고 신탁통치가 가져올 분단을 반대하고, 통일을 염원하며 일어난 1945년 제주 4·3 사건을 기억해야 한다. 1960년 4·19 혁명, 1980년 5·18 민주화운동, 1987년 6월 항쟁을 이어받은 장엄한 2017년 촛불 혁명은 민주주의라는 희망의 역사를 이 땅에 새겼다. 그 완성을 우리가 성취해야 할 역사적인 책무가 있다.

국민에게 권력을 위임받은 위정자의 의무와 공권력으로 주어진 막중한 관료 행정적 책임이 있는 사람이나, 열심히 공부해서 학생을 가르치는 학자들은, 우리에게 맞는 정책을 개발하고 내놓아야 한다. 입법부와 행정부, 사법부는 매 순간 만나는 현장에서 분노를 동반한 땀과 눈물을 흘리는 사람들을 대할 때, 권력이라는 이름으로 부여된 책임과 의무는 조건이나 제한 없이 결국, 국민의 행복을 위해서 존재한다는 무거움을 알고 행동해야 한다. 우리는 모두 세상을 바꿀 책임이 있다.

부랑인과 노숙인, 외로운 청춘들, 독거노인, 특별히 사회의 사각지대인 고시원, 쪽방, 여인숙, 달방, 만화

방, 피시방, 찜질방, 역전의 후미진 곳, 비 주거 시설을 이용하는 준 노숙 상태인 우리가 사랑해야 할 사람들이 있음을 기억해야 한다. 이들을 내버려 두거나 정치, 경제, 사회적인 촘촘한 안전망을 실천하지 못한다면, 노숙을 거쳐 결국은 스스로 사라지거나, 차에 치여 죽거나, 부랑인 시설이나 열악한 병원에서 생을 마감할 수밖에 없는 비극적인 현실을 잊지 말아야 한다. 그 말할 수 없어 애간장 녹는 극한의 상황은, '우리'의 자식이 될 수가 있음을 기억해야 한다.

부랑인과 노숙인의 자활과 재활을 위해 직업으로 일하는 사람들, 몸과 마음이 가난한 이웃들을 돕고 있는 사람들은 깨진 독에 물을 붓는 것과도 같을 수가 있다. 그러나 현장에서 일하며 자신의 본바탕이 무엇인지 고민하고, 텅 빈 우주의 작지만 아름다운 푸른 별 지구에서 한시적인 삶을 살면서, 할 일이 무엇인지를 깊이 성찰하여 상황을 바꾸고, 미래를 설계하고, 몸을 움직여 처절히 실천하며 생로병사生老病死와 오욕칠정五慾七情의

128

인간한계를 초극하여 '영적 수행의 여정'으로 삼아야 한다. 진흙탕 속에서 자신을 발견해 나가야 한다.

황량한 벌판을 휘돌던 바람이 절간의 풍경을 어루만지는 것처럼, 매일의 태양이 연출하는 장엄한 석양처럼, 그리움 가득한 야생화 향기처럼, 단 한 사람이라도 같은 길을 걷는 도반처럼, 고귀한 인간에 대한 품위를 고양해야 한다는 책임에서 벗어날 수가 없다.

현장에 대한 고뇌와 부여받은 힘은, 이 땅의 모든 사람을 위한 공공의 선으로 되돌아가야 한다. 오늘의 나는 이 땅의 선배들이 오랜 세월 동안 뼈를 깎아내며 역사를 거슬러 오르는 고통 위에 우뚝 서서, 피땀으로 만들어놓은 고귀한 문화유산의 창조적 결정체임을 자각해야 한다. 그런 이유로 각자가 생산한 결과물은 오실 사람들을 위해 아무 대가 없이 내어놓아야 하며, 그들에게 다시금 창조의 원동력으로 제공되어야 한다.

그것은 푸른 바다와 흰 구름, 맑은 공기와 갈색의 땅, 그리고 따스한 햇볕이 있는 작고도 아름다운 지구별에 짧은 순간 소풍 온 사람들의 권리이며 의무이다. 살랑대는 바람에 응답하는 나무들의 목소리를 알아들어야 한다. 지속가능한 미래를 위하여, 비판적인 사고를 늘 성숙시켜 정책을 발전시키고 대안을 찾고, 그것을 실천할 수 있게 불의에 저항해야 하며, 정의로운 사회, 올바른 정치, 경제, 공동체와 다양한 사람들이 함께 더불어 살아가는 여정에 헌신해야 한다.

칡넝쿨같이 질긴 것들을 청산해야 한다. 일제 이후 굳을 대로 굳어진 것들을 철저히 정리해야 한다. 기업은 지극히 정상적으로 사업을 하게 하고, 정치하는 사람들은 온몸을 바쳐 국민을 위하고, 학자들은 눈치 보지 말고 양심을 걸고 정책을 내놓아야 한다. 종교인은 지금부터라도 근원을 향해 무릎을 꿇고 정갈한 삶을 살아드려야 한다. 이 땅 놀라운 스승들은 가난한 사람들과 앞 보지 못한 것들 일으켜 세웠고, 진화가 아닌 변혁을 위해 몸소 바닥에서 실천했음을 기억해야 한다.

그 어떤 외세의 간섭도 없는, 한반도의 완전하고 항구한 평화적인 통일을 염원한다. 하나의 경제 공동체를 이루어 역사적으로 내려오는 비극적인 강대국들의 횡포에서 벗어나야만 한다. 남과 북, 모두가 막대한 군사비의 수렁에서 벗어날 수만 있다면, 바닥에서 삶의 의미를 놓아버린 사람들에게 수많은 희망을 줄 수가 있다. 손을 잡고 언젠가는 오실 임처럼 남북한의 완전한 평화적 통일을 준비해야 한다.

거기에 더하여, 우리가 유전인자 속에 원천적으로 가지고 있는 '선비정신'을 회복해야 한다. 자신을 성찰하여 인격적인 완성을 추구하기 위해, 공부를 열심히 하고 대의를 위한 헌신에 우선하며, 함께 살던 불쌍한 사람들을 돌보는 마음은 기본이고, 불평등한 사회, 구조적인 문제를 스스로 변화시켰던 소수의 창조적인 사람들을 닮아가야 한다. 자신의 기득권을 내려놓고, 마음과 영혼이 가난한 사람들과 더불어 살아가던 푸르고 청청하여 아름다운 '선비정신'을 되찾아야 한다.

'사람이 하늘'임을 깨우쳐야 한다. '측은지심'의 따뜻한 마음을 공동체가 회복한다면, 그 모든 것이 공공의 선을 향해 실행하여 변화시킨다면, 이 땅에서 버려지고, 잊히고, 서서히 사라져가는 소중한 사람들을 일으킬 수가 있으며, 우리뿐만이 아니라 동북아시아에 새로운 희망을 만들어 낼 수가 있다. 하늘은 낮은 자들과 함께 하는 사람들을 돕는다. 극한의 고통은 창조적 행위의 원천이다. 밤이 깊을수록 별은 더욱 빛난다.

당신을
위한
후박나무
향기

제 4부

덕유산에서

서성거리다
그리움이 되었는지 모르겠습니다
당신을 닮은 겨울 산

몸을 내어놓은 눈꽃
흩날리던 마음이었는지 모르겠습니다
산의 눈물 품던 향적봉

빛나던 동지들 거친 숨결
눈발 쏟아져 담을 수 없었습니다
누군가의 기억이 말하는 것

외로웠다고
차갑던 산 한번 만나는 것입니다
몇 날 며칠 오실 님 기다리듯

뜨거웠던 지난날 가버려
정상은 아직도 보이지 않습니다
사라졌어도 보고 싶은 사람들

백두대간 짓밟힌 울먹이던 세월
남하하거나 북상하던 길목이었습니다
덕유의 품은 그리움입니다

바래봉에서 본 지리산의 설경

남사당패의 촛불

한잔 찌끄리자고
땅을 두들겨 흐르게 하는
번득이며 한바탕 뛰놀던
겨울도 함께했던 밤하늘
꽹과리 북 장구와 징 어우러져
천둥과 번개 구름을 몰고 오더니
깽마깽 덩더꿍 휘몰아치던 비바람
잃어버렸던 피 소용돌이 물려받아
근질근질 빠르더니 늦고도 격하던
찰지고도 부드러워 어허 이 맛이여

단련된 두 팔뚝 서러웠던 눈망울
힘줄과 근육도 저항하지 못하는
호미질에 보릿대 쌀가마니 들던
끝없는 노동 외치던 장한 벌판
묵은 때 썩은 냄새 진동하던 것들
상한 바람 한순간 몰아쳐 버리는
갈아엎어 술렁대던 땅의 호흡
밤 깊어도 별 더욱 빛나던

촛불은 이 땅 들불의 후예들
다들 한잔 더 찌끄리자고

우리를 슬프게 하는 것들

새벽 미사와 예불
푸르스름한 곡선의 촛불
뼈를 깎는 정갈함 사라지는 날

함석 철판 지붕의 무게
전깃줄 사선으로 어지럽고
오래된 타이어와 벽돌
커다란 물통과 긴 각목
홀로 누군가를 기다렸던
펴지지 않은 검은 우산
지하 다방 영양영 저녁 커피숍
한 마리도 못 담는 반계탕 식당
일용직 떠난 다섯 시 반쯤
키보다 훨씬 무거운 손수레
시대의 투망에 걸려 날마다 사투입니다

천칠십삼 일 지난 2017년 3월 23일
저 살자고 일곱 시간 꼴딱 밤샘
죽어가던 일곱 시간 그렇게 하지
독선과 아집의 세월 마치고
가라앉은 아이들 떠올라도
깊고도 높은 눈물 흘리며
봄날 오신다 해도 부끄러움입니다

수원역 일미집

수원역 팔 번 출구 국밥 골목
쌀가마니 포목 등짐을 졌던
잔업 마치고 마누라 잔소리하거나
뭉클뭉클 해장국 어이 들어가세
골목길 바빠도 기차는 떠나갔다

일용직 알바 일당 받아
일미집 다락방 기어올라
일자리 구하듯 머리 숙이고
어슷어슷 내장에 머리 고기
새우젓 깍두기 청양고추
급히 털어 넣는 한잔
얼큰한 목구멍에 봄비가 촉촉하다

새끼들 등록금 밀린 월세
올 연말쯤 집도 일자리도
챙길 수 있다는 쌍두마차
바닥은 탈출을 원하지만
속이거나 말거나 한잔 더 꺾는다

칙칙하고 후줄근한 것들 갈아타
누가 뭐래도 어깨동무 깔깔대며
영등포 서울역 지나 평양을 거쳐
기필코 평화통일 달려야 한다

수석 水石

그리도
무엇이어야 했다
흐르던 물에 맡기지도 못하고
떠밀리고 밀치고 뭉개고 밟혀
거꾸로 잡히고 뒤집혀 눌린 채
뒤로 휘 비틀려 꺾이고도 짓이겨
조금씩 날카롭게 잘려나간 채
달리다 심장이 터지던 날
돌 속에 박혀 꼼짝 못 하던 나날
부딪히고 깨어져 뼛조각 떼어내던
쨍쨍하여 바짝 갈라지고 포개져
장하게 저항해도 부끄러워
고개 숙인 날들이었다
그대 이제야 거침없이
어디에 서 계시는지

휴천면 용유담 계곡

김홍도 씨름도

두 다리가 무너지면
우리 집 기둥이 뽑힌다
어린것들도 온몸으로 버티던
사타구니 찢어져도 갈아엎어라
눈칫밥에 된장국 머슴 살던 서러움
실한 장딴지 키우며 벼르던 이놈들아
우리는 단 한 번도 진 적이 없다

걸렸구나! 불뚝 안아
이왕이면 질긴 뿌리 팽개쳐
늘 두고 보자던 그까짓 것 무섭지도 않지
갓 벗고 실눈으로 쳐다보는 놈들
힘깨나 쓸 고등고시 막 통과했구먼
사느냐 죽느냐 대갈통 굴리지만
환쟁이는 싸움판 늘 새것으로 만든다

어어 저렇게 삐딱하니 재미있구먼
염병하네!* 이번에는 어림도 없다
한두 번 씨름판 보냐 썩을 놈들아
먼 산 엿 먹으라는 저 태평
아이코 이쪽으로 넘어질라

---

* 2017년 1월 25일 서울 강남구 대치동 특검 사무실로 소환되며
억울함을 호소한 최순실(최서원)에게 청소하시는 임 아주머니가
외쳤다.

2015-2016 UEFA 챔피언스리그

바이에른 뮌헨과 유벤투스 사령탑
번개 같이 목표에 닿을 자신 있다면
영화 레옹을 보고 싶다

연속 골과 추격 골 못 당하는
짜릿한 극적인 한 방이면
애인의 정부가 되어도 좋다

외로운 섬을 일어서게 하는 패스
전략 사령부 비정한 양동작전
대륙을 연결하는 광케이블
점을 이어 선의 신속한 화력
즉각적인 수비는 근육의 명령
먹잇감을 노려보는 역습의 기회
적진을 당혹하게 하는 여유까지
순간을 장악하는 촉각의 집중
기습은 팀을 향한 눈부신 애정
상큼하게 휘돌던 공간 침투
섬세하여 허탈한 심정이어도

기회는 본능이 만들면 되지만
정갈한 가난 온몸으로 차고 싶다

밥벌이 얼마냐는 그까짓 것
상처 입은 사만 오천의 축제
나눠 줄 검은손 그러면 어때
천둥 같은 함성 지르다 죽고 싶다

레드 데이*

정착을 거부한 자유
바다에서 왔음을 잊지 않았다
억겁의 시간을 견디고 있지만
비싸다고 살려둔 새끼 고래
다이지 마을 붉은 피의 몸부림
떨어지지 않으려는 핏빛 물들일 때
비정한 작살 내리꽂는 어부와
어미 고래 눈동자 온몸에 꽂혔습니다

젖 뗀 물고기가 걷기란 쉽지 않은 일
아가미와 지느러미 버린 옹골찬 집념
엉금엉금 꺼이꺼이 여든네 살 노스님
스스로 문 잠근 세 평 독방
여름 지나 겨울 맞이하길 몇 번
도대체 몸이 어디에서 왔냐며
쌀 한 톨 주신 생명 사랑하지 못한
설산을 마주하고 있습니다

전인권 찌르던 노래
우리는 모두 아픈 사람
서로 바라보라는 것인데
금 간 몸에 박힌 상처
구멍 뚫린 가슴들 만나
거친 산 하나 넘으면 그만인데
벌판 다하고 광야를 만난다 해도
눈발 가득히 바라보던
겨울 광화문

• 레드 데이: 일본 와카야마 현 다이지 마을에서 매해 9월부터
이듬해 2월까지 벌이는 돌고래 사냥을 가리키는 말.

백제금동대향로

뒤늦게 부여에 가거들랑
가난한 등불 하나 바치며*
그리워하던 정혜공주** 향기 높다

진흙 속 천 년
잠깐 누워 꿈을 꾼 듯
두 눈 살포시 뜨고 나오신
여전히 향기 간직하여
내려가는 길 환하게
신령한 산하 굽이굽이
그대 가슴속 씨앗도 간직했다
피리와 현금폭포를 휘돌아
불꽃은 푸른 나무에 춤추며
달리던 말 산 높은 줄 알아
순간 하늘과 땅도 멈추었다
향 일어나자 범종 가득할 때
멀리 보는 눈 하나 얻어
어지러운 구름 일순간 흩어버려
샛강 흐르더니 뒷산 훌쩍 올라타

머나먼 왔던 곳 가고 싶다

쇠를 녹인 붉은 강
말발굽 자욱한 오늘도
병장기 살점과 피 숨 막힌다

끝날 수 없는 쓸쓸함
깊고 높은 슬픔 바라보라고
우뚝 서도 차마 고운 자태
땅이 하늘이라고 어미 닮은 여인이 되었다

• 빈자일등(貧者一燈)
•• 발해의 문왕의 둘째 딸로, 남편을 일찍 여의고 출가함.

SN 1987A[•]

지구별 작지만
SN 1987A 흔적이 있습니다

알에서 막 깨어난 물고기 철모르듯
후박나무 향기 먼 우주로 날아가며
꾸역꾸역 지구의 소식 보냈던 정성
가장 밝게 보라고 광년의 시간을
그렇게 오신 대 마젤란 성운

힘들게 하는 모든 것 밉다고
뺏기고 빼앗는 것 사라지라고
조용히 말하는 것 같았습니다

상자와 침낭 사이 한순간 밤이 오면
지상의 노숙인 아무렇지도 않은 듯
하룻밤 신세 진 점점이 박힌 새우잠
별 무리 우주에 엎드려 있습니다

소식 전하는 마젤란

살 수 있는 곳 없다는 신호

기억해야 할 위태로운 지구별

여기 어때 이곳만 한 곳 없다[**]

• SN 1987A: 이 별은 대 마젤란 성운의 초신성이다. 지구와의
거리는 약 16만 8천 광년이며 폭발한 빛은 1987년 2월 24일
칠레의 라스 캄파나스 천문대에서 발견했다. 약 16만 8천 광년
전에 폭발했다고 한다.

•• 모텔 광고 선전문구

저항하라

모든 주어진 신을 저항하라
신을 믿는다는 너의 폭력을 저주한다
거대한 욕심으로 가려진 너의 편견
파괴하는 것을 믿는 신을 한없이
네가 믿는다는 비겁한 신에게 반항한다
욕망을 어쩌지 못하는 너의 오만
찬란한 그 날이 저주의 땅에 온다면
신의 자비를 위해 기도해 주실 분
가슴속에 미세한 우주의 비밀
바람과 햇살 부서지는 파도와 새벽
신들이 만들어 놓은 거대한 순수가 가득해도
세계의 거짓된 모든 신에게 저항할 것이다
왜라고 질문한다면
비극이 반복되어 해결할 길이 없다는 것
끊임없이 나타나는 거대한 슬픔에 질식한다는 것
나의 부끄러움에 저항하고 행동할 것이다

떨리게도

홍어 애

더 물러설 곳 없다고
흑산도 유배의 땅에 가면
거친 파도에 녹아내린 홍어 애
돌아오지 않던 사내들 달콤하다

흐르던 별 보리 잎에
반짝이던 기억으로 영글어
눈치 보지 말라던 어머니의 매운맛
살찐 밥상 풍성한 가난 그립다

저녁놀 느리게 걸어가면
구부정한 허리 손 꼼질꼼질
사람뿐이랴 먼저 떠난 헛헛함
밤바다 맞받아내 장하던 상처
지긋지긋 밥벌이 떠나도 후미진 도시
살아있다는 친구의 탁한 소식
다음 장날 어디로 가야 할지. 자욱한
땀에 전 꼬깃꼬깃 비릿한 돈 내음
삐딱하게 날마다 싸움박질 속 썩이고

이리저리 역전에서 고개 떨어져
소풍 간다고 고사리 손깍지 끼던
김밥에 사이다 빠졌다고 호호 깔깔 아련하다면

홍어 애
내 새끼 왔냐는
돌담 구불구불 달착지근한 향긋함

샤넬 넘버파이브

거역 못 하는 치명적인
순간을 허락하지 않는 유혹
뛰던 심장 중무장을 해체해
나는 샤넬 넘버파이브의 좀비가 되었다

메릴린 먼로 삼킨 외로움
천사도 색과 향의 황제가 되고
꽃이 모자라 수만 명 피의 여행
향수병에 담긴 난폭한 트럭은
프랑스 니스 축제의 밤
광란의 피 냄새 만들었다*

햇살에 물결치던 지중해
침몰하던 병사들의 너울
오월 풍만한 장미로 태어나
비너스 재스민 향을 위로하면
달콤하게 바라보던 눈길 기억하여
천상에서 떨어지는 꽃잎들 멈춘다

도시는 맥박 타고 오시는 쓸쓸함
가쁜 숨결 열망의 섬에서 불어와도
고운 임의 눈망울 속에 잠들 수 있는지
너와 나의 슬픔 부둥켜 만나는 날
지상은 피의 복수를 멈출 수 있다고
찬란한 샤넬 맨발로 달려오면
극한의 유혹이 그립다

• 2016년 7월 14일 프랑스 남부 해안도시 니스의 축제에 트럭이
덮쳐 군중 60여 명이 사망하고 100여 명이 부상을 입었다.
니스 축제는 세계 4대 축제 중 하나이다.

다금바리*

비좁아도 넉넉했던 동굴에서 새끼들 키워냈다
이른 새벽 미끼에 숨겨진 낚싯바늘 알았지만
매몰차게 물고 억세어 붉은 살가죽으로 변하고
터질 듯 팽팽함에 맞서 바위에 머리를 짓이긴다
낚싯줄 두꺼워 친친 감아 살점 터져
떡 피 엉겨 피비린내 비명도 파르스름했다
바늘 털어 낼수록 솟구치는 아픔
철렁 잡혔다는 소식 바다도 검게 변할 때
삼양 함덕 강정 앞 수많은 동굴
조천 골목 드럼통에 어린 손자 4·3 숨겨도
육지 것들 아직도 발파음 잠든 바다를 뒤집는다
아침 해 붉게 헤엄치며 화산도 감돌 때
낚시꾼들 멈추지 않고 음모만 커간다
피의 물로 씻긴 섬 한 상 가득 올라오면
생간이 맛있다고 쓸개주는 몸에 좋다고
껍데기 녹고 살아 있어 입에 감긴다고
탱탱한 육즙은 씹어 으깰수록 단맛이 난다고
뜨거운 국물은 뼛속까지 우려내야 한다고
불콰한 술상에서 낚시의 기술이 춤을 춘다

배냇저고리로 감싸던 찢기고 상처 난 몸
어미들이 어루만졌던 파도가 위로해 주지만
육지는 초승달처럼 비정하게 휘어져 버렸다
억새 군데군데 뽑히고 한꺼번에 쓰러진
미쳐 돌아가던 세월 제삿날이 되면
부둥켜안고 노래했던 깃발 팔랑거린다
곱다랗게 스스로 제사상에 올라오신 축제
보란 듯이 성한 모습 우리들의 다금바리
작은 종소리 타고 그윽한 향 올라간다면
밥상은 진화하는 것이 아니라 만들어 가는 것이다

•다금바리: 제주도 남방 해역과 대륙붕에 서식.
 수심 100미터 정도의 현무암 동굴 속에서 이동하지 않으며
 정착한다. 제주도 제사상에 올라오는 고기.

사포의 레스보스섬[*]

에게해 바라보며 벅차던 희망
없었던 경계 누가 만들었는지
세 살짜리 아일란 쿠르디 울고 있다

이끼 덮인 성곽은 은수자들의 늙은 안식처
원죄 숨긴 멍든 상처 들추고 싶지 않다고
꺼진 불씨 살려내어 해안선 감시도 길다

종소리 사라지고 피와 복수로 물든 땅
포도주와 빵 식탁 위에 죽음의 잔 넘쳐나는데
짧아 달콤한 휴식 결단코 나눌 수 없는 것인지

어여쁜 두 발 올라오지 못한 에게해
엎어진 아일란 지구촌을 끌어안아도
절망의 유럽 축구는 시즌마다 뜨겁다

보랏빛 모자 쓴 어머니 레스보스섬
떠나와도 가고 싶은 난민들 품어주던 젖가슴
포도 익거들랑 사포의 후손임을 기억하거라

• 사포(Sappho, 기원전 625~570년) : 고대 그리스 최고의 여류
시인이다. 에게해의 아름다운 섬 레스보스에서 국내의 불안정한
내란을 피해 살았다.

슬픔이, 그대에게 연을 띄우며

가는 길 끊어져도
눈 오시면 맞이하던
소년에게 가득한 신화

은하수 멀리 아스라이
독산 넘어 연을 날리면
자장자장 하염도 없는데
노릇노릇 그리움 익는다

할아버지 작은 방
고구마 냄새가 얼레인지
당기며 비비며 들어온
손바닥만 한 유리창
크거나 작은 별 슬그머니
콩닥콩닥 두근두근
가슴 깊은 얼굴 반짝이면
옛날은 눈덩이처럼 커갔다

끊어질 수 없다고
산과 강 연줄에 달려
백두산 넘은 만주벌판
독립군 하얀 호랑이
겨울밤도 차곡차곡 쌓였다

텅 비어 고요한 섬
독산 넘어 연을 띄우면
그대 오시는 그리움 가득하다*

• 우석영, 《낱말의 우주》, 565쪽 참고.

성공회 수원교회 후박나무

수줍은 여인의 향기
잃어버렸던 봄날 오시다니
한 해 더 살았다고 주신 선물입니다

지상은 늘 그랬는지
속고 속였던 수십 년
강릉에서 수원을 터벅터벅
석양에 술 한잔 부었다고
호수도 목소리 부르르
먼 길 흔들흔들 뒤로하고
금 간 그림자만 걸어오셨습니다

쉼터와 일시보호소 갈 곳 없어
긴 겨울 받아준 큰집을 나와
고등고시 패스한 검사가 먹던
노량진 컵밥에 단무지 쪼가리
주섬주섬 한 덩이 계급장 까놓은
밤낮으로 배우는 잔인한 후회
피시방 삼백오십 명 전사가 되었습니다

돌아와도 반기는 곳 없어
수원천 밑 잠잘 곳 풀어
구깃구깃 배낭의 구수한 냄새
어느 별에서 하룻밤 소풍 오신
쓸쓸함 높고도 깊은 당신을 위해
가난한 사람들 정갈한 미사는
세상에 가득한 후박 향입니다

선하고 형형한 눈,
선하고 형형한 시

최민성 교수
한신대 한중문화콘텐츠학과

눈을 보면 그 사람을 알 수 있다. 맹자는 일찍이 "한 사람을 살펴보는 데는 그의 눈동자를 살펴보는 것보다 더 좋은 것은 없다. 왜냐하면, 눈동자는 그 사람의 생각을 감출 수 없기 때문이다. 마음이 바르면 눈동자가 맑아 빛을 내고 마음이 바르지 못하면 눈동자가 흐려 음침하다"라고 이야기했다.

김대술 신부님을 처음 만났을 때 맹자의 이 말이 안 떠오를 수 없었다. 크고 맑고 형형한 눈. 그건 맹자의 말처럼 김대술 신부님의 바른 마음을 증명하고 있었다. 그러니 신부님이 노숙인을 위해 오랜 세월 헌신하고 섬기는 자로 살아가신다는 것을 알게 되어도 그리 놀랄 일은 아니었다. 나만이 아니라 누구라도 김대술 신부님의 첫인상에서 그 눈을 놓치는 사람은 없었으리라. 당신이 맑고 형형한 눈을 가지고 있다고 이미 알고 계셨을까. 시에서도 "그 후손들 형형한 눈빛으로 새로운 시대를 준비했다"(〈김중업을 기억하며〉중)고 쓰고 있다.

그 눈과 그의 시는 상동구조이다. 그런 눈빛에서 나올 수 있는 시가 어떤 것이겠는가. 맑고 바른 시가 아니겠는가. 신부님의 시를 읽으며 이 세상이 주기 어려운 맑고 바른 삶에 대해 공감하고 감동할 수 있어 기뻤다. 누구나 신부님과 같은 맑고 형형한 눈을 가지고 있다면 바로 이런 시들을 쓸 수 있을 것이다.

무엇보다 신부님의 시에는 삶과 생활을 함께 하는 사람들을 바라보는 따뜻함이 있다. 〈광덕 산장〉이라는 시를 보자.

동무들 가득 차 익어 가는데
먼 작은 동네 등불 잦아들어
생각할수록 외로워 보이지만
이다지도 알 수 없는 부끄러움
흐르는 것은 유성만이 아닙니다
검은 산에 기댄 구부정한 나무
별 초롱초롱 사위어가는 초승달
밤을 걸어가는 사람은 씨앗입니다
—〈광덕 산장〉부분

밤이 익어가는 산장, 뜻을 같이하는 사람들이 모여 있
다. 시인은 그 밤을 함께 걷는 사람을 '씨앗'이라고 부른
다. 예수께서 겨자씨만 한 믿음으로도 산을 옮길 수 있
다고 하셨는데, 그 씨앗 하나씩 가슴에 품은 사람들과
함께 하는 시인의 마음은 얼마나 넉넉할 것인가.

그래서 시인은 지나온 삶에서 자기 곁에 있던 사람을
잊지 않고 한 명씩 호명할 수 있다. 그 곁의 사람은 한결
같이 우리 주변의 평범한 생활을 향유하는 사람들이다.

허기진 배를 채우면 창에는 노을이 충만하고
닦아놓은 덕이 없어 쫓겨나도 저녁은 포근하다

살길 찾아 양구에 가신 친구 밭일 마쳤겠고
고향 바다 벗 삼은 경민이 항구에 들어오겠구나

통영에서 장어 어장 하는 영호도 잘 있는지
수십 년 모슬포에서 짜장면집 철호 형도 잘 있겠지

어린 시절 놀던 친구들 귓불에 흰 수염만 늘고
이루어 놓은 것 없어도 잘 있다는 소식 반갑다

늦은 나이에 푸른 잎 좋아 아침마다 기쁘고
진흙탕 날기 위해 폭풍 기다리는 장자도 벗이 되었다

텅 비어 고요히 조물조물 습기를 멀리한다면

오셨던 장한 벗님들 따라갈 수도 있겠구나

인연 따라 만난 상처 허비한 세월 어루만지고
못다 한 공부한다면 가난한 마음 살찌우겠다
―〈저녁 의자에 앉아〉 전문

이름을 불러준다는 것은 그 존재를 가슴에 품는다는
것이다. 그들의 생활을 자기화하는 과정이다. 삶을 나
누는 사람에 대한 따뜻한 시선, 그것이 신부님의 눈을
닮은 첫 번째 특징이다.

이런 따뜻한 시선은 인용이 많은 시의 형식에서도 잘
드러난다. 시집 전반에 걸쳐 다양한 사람들의 발언, 책
의 내용, 다른 시 구절, 미디어 작품의 내용 등이 인용
된다. 이것이야말로 시인이 주변의 많은 삶에 귀를 기울
이며 그들의 삶에 동참하고 있다는, 연대와 소통의 다른
증거가 될 수 있다.

시인의 시에서 또 하나 두드러지는 특성은 낭만성이
다. 낭만성은 세속에서 흔히 말하는 분위기를 찾는 태도
를 말하는 것이 아니다. 세계를 보는 이원화된 태도를
일컫는다. 자기만의 이상을 설정하고 끊임없이 그 이상
에 도달하려는 태도, 현실을 끊임없이 이상에 비추어 변

혁하고자 하는 태도가 낭만성이다. 그래서 모든 혁명가
는 낭만주의자이다. 현실과 이상을 날카롭게 구분하는
시선이 없으면 변혁의 불꽃을 피우기 어렵다.

　강호에 고수들 숨어 나오지도 않고
　옛날이나 지금이나 가난한 사람들
　하늘의 길이 어디에 있는지 묻고 있습니다
　―〈지독히 살아간다는 것〉 부분

　시인이 보기에 세상에는 하늘의 길이 없다. 하늘로부
터 멀리 떨어져 그곳으로 가기 힘든 공간이다. 세상은
선한 사람을 고통에 빠뜨리고 실족케 하는 곳이다. 그래
서 그곳의 사람들은 가슴에서 늘 피 냄새가 난다. 그런
곳이 바로 투견장 같은 살벌한 세상 아닐까.

　고시원 햇빛 한 장 받자고
　슬리퍼 끌고 계단 올라가면
　노을 가득한 방 하나 있는데
　발 뻗어 벽 닫고 싶어서
　가슴에 늘 피 냄새가 난다
　―〈투견장〉 부분

　그곳에서 사람들은 사는 것만으로도 죄를 짓는다. 그
들이 자유로울 수 있는 공간은 없다. 죄를 고백해야 하

는 고해성사의 자리에서 이 땅의 백성은 삶 자체가 죄라
고 고백한다.

할머니 죄를 고백하세요
......
뭔 죄가 있을랍디요 사는 게 죄지
—〈고해성사〉 전문

그뿐 아니라 그 세계는 숱한 사람을 길 위의 사람, 노
숙인으로 만들고 그들의 삶을 비참한 죽음으로 몰아가기
도 한다. 노숙인에게 이 세상은 죽어서야 쉴 수 있는 곳
이다. 시인에 따르면 많은 사람이 구조적 문제 때문에
노숙인으로 내몰리고 있으니 보통 사람들에게도 이곳의
현실은 잔혹할 수밖에 없다.

고등동 뒷골목
서울 가는 길 막혔지만
짙은 안개 포근한 이불처럼
단칸방 있었으면 참 좋겠다

한 치 앞 보이지 않던
드러난 살갗 잊을 수 없도록
숨을 거둔 털보 새벽이 덮어준다

피 토하다 이제야 쉬는 노숙인
급하던 응급 처치실 하얀 시트에
선홍색 뭉클뭉클 피어오른다
　　―〈털보〉 부분

　이런 세상에서 시인이 할 수 있는 일은 무엇인가. 당
연히 이상을 위해 싸우고 저항하는 일이다. 〈저항하
라〉에 "나의 부끄러움에 저항하고 행동할 것이다"라는
표현이 등장하는 까닭이다. 시인은 신부이면서도 도그
마에 빠지는 종교에까지 저항의 영역을 넓힌다.

　세계의 거짓된 모든 신에게 저항할 것이다
　　―〈저항하라〉 부분

　그러나 시인의 인식은 단순한 저항에만 머무르지 않
는다. 신부님의 눈은 형형하지만 선하기도 하다. 시인
의 이상을 향한 지향은 그 저항을 순례의 거룩함으로 승
화시킨다.

　순례의 길은 우리가 만들어 나가야 합니다. 이 땅의 사람들
이 왜 이다지도 슬퍼하는 것인지, 모두 아파서 중병에 걸렸는
데 도무지 약도 의사도 무서워 덮어버린 것이나 마찬가지입
니다. 그 이유가 어디에서 왔는지 성찰해야 합니다. 어린아
이에게서 노인에 이르기까지 도무지 길이 없다는 아우성이

하늘을 울립니다. 이 땅의 슬픔을 발견해내고, 세상을 변화
시키려는 굳은 실천적인 사유가 있는 곳이 거룩한 땅 입니다.
　─〈이스라엘 순례를 마치고〉 부분

　시인에게 순례의 길이란 슬픔을 발견해내고 세상을
변화시키려는 굳은 실천이다. 저항의 궁극적 지향은 자
신만 구원받는 길이 아니라 세상과 함께 구원받는 아름
다운 길이다. 이 세상은 죄의 공간이지만 그곳을 변화시
키는 것은 결국 신부님의 선한 시선이다. 죄된 세상을
감싸려는 시선은 그래서 모성과 같은 것이 된다. 시인은
선언한다.

　깊은 모성이 그대들 단련시킨다면
　상처 입은 벗들과 함께할 수 있을 것이다
　─〈향수〉 부분

　이상적 세상을 향한 순례의 길에서 가장 큰 동력은 모
성이다. 사랑이다. 그것은 이미 육화된 하나님, 예수께
서 보여주신 길이고 신부님이 걸어가실 길이기도 한 셈
이다.
　시인이 즐겨 사용하는 명사형의 행갈음은 거룩한 순
례의 길을 가는 단호함을 잘 보여준다. 험한 세상길을
툭툭 내디디며 언제 올지 모르는 구원의 길을 걸어가는

신부님의 태도가 그 결연한 행갈음을 통해 구체화된다.

결국 시는 그 사람 자체이다. 신부님을 처음 만났을 때 그 선하고 형형한 눈빛이 무엇을 의미하는지 당신의 시를 읽으며 더욱 실감할 수 있었다. 신부님은 오늘도 이 죄의 세상에서 필연적으로 죄의 공간으로 밀려가는 노숙인들을 붙잡으며, 더불어 구원받는 순례의 길을 뚜 벅이며 걷고 있다. 세상에 대한 저항이자 기도의 방편인 그 순례가 지속되는 마지막 순간까지, 그 눈빛을 닮은 아름다운 시도 계속되리라 기대한다. 그리고 신부님의 시를 읽는 나의 즐거움, 독자들의 행복도 함께 이어지리 라 기대한다.

페트라를 그리워하듯

부족하지만, 어려운 조국의 현실을 살아가는 죄로, 거친 시대를 정리하고 싶어 졸 시집을 내어놓았습니다. 밤하늘의 별이 우리를 슬프게 하는 것은, 만남이 이별을 준비하기 때문일 것입니다. 다시 만나지 못한다 해도 그리워하지 않을 것입니다. 우리는 서로 별이었으니까요. 어리숙한 두 번째 졸 시집 《그대에게 연을 띄우며》를 탈고하고 울었습니다. 나의 작은 동굴 속에서 이불 덮어쓰고 혼자 조용히 오랫동안.

그 무엇이 시의 길을 가게 하는지, 읽지도 말하지도 않은 시를 써야 하는지, 폭풍 한설과 질긴 고난의 시간이 저를 만들어 가는지 모를 일이지만, 지상에 잠깐 소풍 나온 이유일 것입니다. 목숨 붙어있어 살아남아야 했던 시절 뒤로하고, 미사를 봉헌할 때와 시를 받아내는 일이 말할 수 없는, 임이 주시는 은총의 선물이었습니다.

수많은 만남과 가르침을 받아 시와 사람이 조금씩 완성되어 가는 것이리라 믿습니다. 만남은 지상의 쓸쓸함을 위로하는 행복이었습니다. 대자연의 놀라운 위력 앞에서 현생이나 영생이거나 절절한 갈망의 결정체, 인류 문명의 흥망성쇠, 인류가 반복하며 남긴 창작의 단편을 보게 했던 강기철 교수님, 생명 신학과 과학, 성직자가 가야 할 길을 눈뜨게 했던 김종혁 교수님, 역사의 진보와 '처음처럼' 사람을 사랑하는 길을 가르쳐주신 스승 고故 신영복 선생님의 훈도를 잊을 수 없습니다.

저의 어리석음으로 만남은 천천히 이루어졌습니다. 세월을 허비한 죄와 벌입니다. 사모했던 수많은 선생님들을 책 속에서 만나며 짧은 가방끈을 혼자서 위무했습니다. 그리운 사람들, 백석과 김수영의 시를 읽으면서 시인을 꿈꿨습니다. 《전환시대의 논리》 리영희 선생님, 《람세스》의 크리스티앙 자크, 최순우의 《무량수전 배홀림기둥에 기대서서》, 루쉰과 호 아저씨, 특별히 고故 신영복 선생님이 손에 쥐여 주신 책 속에서 나무는 커졌습니다.

가난하지만 아름다운 길을 뚜벅뚜벅 걷고 있는 선배 동료 성공회 사제들의 도움이 큽니다. 1970년대 후반 달동네 빈자들과 나눔의 집을 뜨겁게 일구며, 낮은 사람들과 함께 예수 그리스도의 뒤를 따른다는 것을 실천하며, 목회와 설교준비에 신실하며, 대우주 속의 천하를 바둑돌 한 점에 좌지우지하는 이재복(멜기세덱) 신부님, 경기도 남양주 마석으로 첫 부임지를 안내해주신 해병대 선배 이정호(콜롬바) 신부님, '시인의 삶'을 살아가며 이주노동자를 돕고 있는 동지 이영(이삭) 신부, 서예와 영성의 완성을 위해 투쟁하며 성공회대 서도반이 공인하는 고^故 신영복 선생님 수제자 장종찬(요한) 신부, 다섯 수레 분량의 독서력과 광기에 번득이듯 끊임없는 지적 호기심을 가진, 성글성글한 눈매로 나무에 올라가 하모니카 불던 멋진 나성권(시몬) 신부, 등에 칼만 차면 그 어떤 산적이라도 때려잡을 수 있고 품을 수 있는 대장군 이갑수(안토니오) 신부님, 영적 성숙을 지도해 주시며, 기타 한번 잡으면 밤새 동요를 쏟아지는 별처럼 부르셨던 나눔의 집 대부 김홍일(암브로시오) 신부님, 어머니의 산 지리산에서 산의 계절이 말하는 생명과 죽음, 구름과 바람, 산을 닮아 장하게 사진으로 담으시는 류요선(디도) 신부님, 사제의 길을 이끌어주셨던 경기도교육감 거인 이재정(요한) 신부님, 워싱턴에서 사목하시며 억세게

산을 타셨던 최상석(아타나시오) 신부님께 사랑의 큰 빚을 졌습니다. 참 아름다운 사제들입니다.

하지만 젊은 날 추운 겨울, 한철 김밥 장사 마친 새벽, 팔다 남은 후줄근한 김밥 서울역 양동 늙은 창녀들과 나누어 먹으면서, 하늘을 향해 울며 곳곳마다 슬픔과 고통, 회환을 남긴 땅의 사람들이 저의 가장 훌륭한 스승이었는지 모를 일입니다. 그것은 차이콥스키 스스로 "내 생애에서 가장 훌륭한 작품"이라던 교향곡 6번 〈비창〉 4악장을 온몸으로 해석해내는, 우리 시대의 최고의 지휘자 발레리 게르기예프에게서 듣는 음악임에 틀림이 없습니다.

귀한 시간 내주셔서 시 평론을 써주신 한신대의 최민성 교수님께 머리 숙여 감사 인사 올립니다. 장공 김재준과 늦봄 문익환의 한신대, 중국문명 연구에서 타의 추종을 불허하는 한국의 일인자 김용표 교수님, 사회적 경제 제도화와 지역사회복지의 이인재 교수님, 실학과 새로운 세상을 꿈꾸었던 정조대왕의 위민 정신과 개혁 정신 연구의 한국 최고 전문가이신 김준혁 교수님, 아주대 대학원에서 공공정책과 정신 재활을 가르치시는 하경희 교수님께 깊은 가르침을 받았습니다.

억울한 사람들을 살리려고 배고픔과 외로움을 마다하지 않는 오랜 벗, '재심' 전문 인권변호사이자 문재인 정부 검찰개혁 위원회 위원이신 박준영 변호사, 팩트에 충실하며 해마다 라일락꽃 향기 퍼지고 첫눈이 올 때 기쁨을 함께 나누는 홍용덕 〈한겨레〉 부국장, 고난의 세월 인권운동의 대모이자 아름다우신 지행합일의 여장부 박진, 정론을 펼치셔도 늘 겸손하신 최종호 〈연합뉴스〉 기자, 한반도의 평화적인 통일을 염원하는 경기민권연대 유주호 대표님, '생산성 없는 일' 야간비행(?) 하면서 부랑인과 노숙인을 돕고 있는 아름다운의원 정신건강의학과 정두훈 원장님, 신실하신 주님의 종 장규진 의사, 가난한 사제들 건강 돌봐주시는 서울 도봉구 방학동 이웃사랑내과의원 은진호 원장님, 노숙인들과 센터를 극진히 사랑해 주시는 안양호 전 행정안전부 차관님, 김성렬 전 행정안전부 차관님, 센터의 많은 프로그램을 지원해 주신 유지선 팀장님과 박상우 팀장님, 박춘배 국장님, 김문환, 김서영, 김영희, 김향자, 김선우, 서승철, 심형무 국가공무원, 부족한 저를 도와주셨던 관악지역자활센터 김승오 센터장과 서울시립신림청소년쉼터의 박진규 실장에게도 감사 인사 올립니다.

비 오는 날 온통 비를 맞으며 급사한 노숙인 선생님의

슬픈 죽음에 피눈물 온종일 흘렸던 오랜 실무자, 지리산을 사랑하고 막걸리 한잔 드시면 민속 창이 구성졌던, 통일 운동에 젊은 날을 바친 김진숙 선생님, 선비 고동현 사무국장, 허망한 세상에서 의지할 곳 없는 한 사람 살리려고 온갖 열정을 품은, 벌판의 야성과 섬세함을 겸비한 불자 김석, 김기자, 이해진, 인문학 학생 노숙인 선생님들 잘 돌보는 박효영, 최승회 모든 실무자 수고하셨습니다. 고향 바다를 지키고 시인의 삶을 살아가는 친구 추경민, 억센 모슬포의 바람처럼 한길을 걸으시는 고철호 형, 말이 없으나 달빛에 아름다운 호박꽃처럼 그윽한, 통영과 부산에서 장어 어장 하는 고영호 사장, 오래간만에 친구 왔다고 미터급 방어를 잡아주던 추자도 조기 유통업 하는 오영수 사장, 모두의 지지가 힘이었습니다. 어려운 시절 첫사랑을 만나 힘들었던 서울 생활하던 모습이 엊그제였는데, 이제는 겨울 무서리에 놀라도 국화꽃처럼 여전히 아름다우신 김부춘 누님과 강남향 매형, 김안춘과 함께 사는 착한 이정수 교수님, 서울에서 오랫동안 약국을 경영하셨던 김영주 삼촌도 오랜 세월 의지처가 되었지요. 하지만 많은 일가친지와 조카들을 위해 특별히 도움이 되지 못했던 저의 삶이 부끄럽습니다. 한 몸 건사하고 밥 한술 뜨기가 참 힘들었습니다. 용서해 주십시오.

오래된 성공회 수원교회 정원에는 많은 나무가 있지만 그중에 회화나무는 참 귀한 자태를 풍깁니다. 우리 선조들이 최고의 길상목으로 손꼽고, 고결한 선비의 집이나 서원, 절간에 심었지요. 한쪽에 서 있는 후박나무 향기를 그리워하며 겨울 지난 봄날을 늘 기다립니다. 수많은 성공회 교우, 수원교회의 안봉식 신부님, 김경수 회장님, 최호용 회장님께 받은 깊은 사랑, 특별히 주일학교를 오랫동안 돌보는 이수자(모니카) 선생님의 열정에 박수갈채를 보냅니다.

장준감 맛을 알게 했던 성공회 강화 넙성리 교회 식구들, 부족한 시를 지도해 주셨던 많은 선생님에게, 특히 박몽구, 정수자, 박설희, 강미영, 한명환 교수님께 그동안 고마웠다는 감사 인사 올립니다. 이제는 광야에서 외로움에 치를 떨어야 하겠지요. 이별은 또 다른 만남의 시작입니다. 혹시 지상에 머물 약간의 시간이 더 주어진다면 시혼詩魂을 불태우며 마음이 가난한 사람들 위로하겠습니다.

도울 길 별로 없고 서로 아파만 했던, 수원역에서 만났던 수많은 부랑인과 노숙인들이 아마도 창조적 힘일 것입니다. 노숙인 선생님들 건강히 지내십시오. 그동안 잘 돌보지 못한 저의 게으름 용서해 주십시오.

'야만과 광기, 독선과 아집의 겨울 공화국'을 이겨낸 안암골 호랑이로 고려대 학생운동의 대부에서, 시대의 투망을 넘어 '출판 40년 일생일업一生一業'을 높이 뛰어, 이 땅의 풀 한 포기, 사라지는 나무 한 그루 한 그루에 영혼을 불어넣어, 깊고도 높이 사랑한 나남수목원을 가꾸시고, 백제금동대향로를 수호신으로 삼으시는 조상호 회장님, 처음 만난 날 부족한 사제를 환대해 주셨습니다. 나무와 고향과 책을 닮아 굵고 거친 소나무처럼 살아온 장하신 날들 아름다웠습니다.

못생긴 나무가 숲을 지키듯, 먼 훗날 후배들은 수많은 꽃과 나무들, 특별히 반송 3천 그루와 단풍나무, 목백합, 대왕참나무 어우러진 숲의 터널을 거닐며, 자작나무숲을 지나 대나무 바람소리에 새겨진 '큰바위 얼굴'을 기억할 것입니다. 점심 맛나게 먹었던 늦은 겨울, 의병장들이 오래간만에 배 터지게 먹고, 지글지글 끓는 구들장에 엎어져 드르렁드르렁 코 골며 잠을 잤을 듯한 구석지고 오래된 밥집, 잃어버린 세월 찾아 그리움에 배고픈 사람들에게 끓여냈을 주인장 김치찌개 맛은, 한 해 더 살았다고 맛보는 지상의 은총이며 빈센트 반 고흐의 〈감자 먹는 사람들〉처럼 투박한 노동의 밥상이었는지 모를 일입니다.

통영, 마산, 부산, 항도港都의 원초적인 야성과 자유로움을 끝없이 그리워하다 깃털 같은 대 자유를 찾아 폭풍우 타고 오신 소설가 나남 고승철 사장 겸 주필님 머리를 숙여 감사의 마음 전합니다. 2017년 11월 지리산 연 피정 중 시집을 내자며, 깜짝 놀라게 하는 들꽃처럼 기쁜 소식 주셨지요. 요즘 같은 세상에 그 누가 영감을 얻는다고, 읽지도 말하지도 않는 시에 생명을 불어넣어 주신 것은 '공맹孔孟의 정원에서 노장老莊의 황야'로 오셨기 때문에 가능한 일일 것입니다. 경향신문 파리특파원, 한국경제신문 산업2부장, 동아일보 경제부장 및 출판국장으로 27년간 언론계에서 종횡무진하며 젊음을 낯선 도시에서 불태우고, 현장의 과거, 현재, 미래를 파악하려는 열정을 담아, 박물관, 시장, 대학, 바람의 냄새를 맡으셨던 40여 나라는 소중한 자산임에 틀림이 없습니다. 이제는 그물에도 걸리지 않는 영혼이 추구하는 노장의 황야에서, 벅찬 여행과 취재 중에 느꼈을 찬란한 경험이 위대한 작품으로 다시 태어나길 바라며, 책 속에 길이 있음을 보여주시는 작가와 경영의 길을 격하게 응원합니다.

나남출판의 역사를 알고 계실 방순영 편집장님, 시집에 옷을 입히고 날개를 달아주신 이필숙 디자인실장님, 졸고를 옥구슬로 꿰어주신 한명관 편집자님, 땀과 열정으로 세상에 나온 수많은 나남의 책들을 기억하고 잊지 않겠습니다. 지리산 피아골에서 보낸 감나무 한 그루 통째 겨울이 봄을 품고 여름이 가을을 낳은 단감 맛이 어떠셨는지요. '나남이 책을 만들고 책이 사람을 만듭니다'는 믿음으로 고생하시는 직원 모두에게 뜨거운 박수갈채를 보내며 두 손 모아 감사의 인사 올립니다.

금아琴兒 피천득 시인의 〈인연〉을 떠올리게 하는 만남도 있었습니다. 나뭇잎 사이를 타고 대지로 내려오던 석양은 느려 한가하고, 물비늘 일제히 일어나던 정갈한 바람의 머릿결 찬란했습니다. 쓸쓸함에 윙크했던 귀한 만남들, 한국작가회의가 주관한 제3회 세계문학아카데미에서의 빛나는 공부와 즐겁고 반짝이던 뒤풀이는 우리들 그리움에 주는 성찬이었습니다. 아카데미 준비해 주시며 많은 인연 서로가 별이었음을 알려주시고, 기꺼이 모두의 가슴에 지워질 수 없는 별의 다리가 되어주셨던 숙명여대 교수님이신 김응교 시인께 감사 인사 올립니다. 올가을 윤동주 탄생 100주년 때 동주 시 세계와 내면의 역사적 의미를 설명해 주신 시인의 눈동자는, 홀로 가난하고 외로움이 높았던, 그리운 고흐의 〈별이 빛나는 밤〉처럼 골목길 걸어가는 우리에게 다가온 것인지도 모르겠습니다.

지금은 돌아가신 초등학교 2학년 담임, 제주도 북제주군 애월읍 광령 1리 서동 홍원규 선생님, 초등학생 어린 아버지와 추자도 갯바위 낚시를 즐기시며 큰 키에 서글서글한 눈매로 항상 머리를 쓰다듬어 주셨던 교장 박철규 선생님, 선생님은 아버지의 교장이었으며 동시에 저의 교장 선생님이셨지요.

엄혹한 시절, 수업 시간에 제주 4·3 사건을 강철처럼 뜨거운 불 뿜으며 말씀하시던 1970년대 말 고등학교의 국어 선생님, '일체의 지혜, 일체의 철학보다 더욱 높은 계시'인 음악을 알게 했던 강휘남 선생님, 《데미안》의 헤르만 헤세, 《좁은문》의 앙드레 지드, 라이너 마리아 릴케, 루 살로메와 전혜린, 페르시아 시장에서 모차르트와 베토벤, 높고도 깊은 영감에 의해 비극적인 선율을 단 12일 만에 작곡해버린 차이콥스키 〈비창〉까지 음악과 문학을 함께 나눴던 질풍노도의 시절 김정훈 법무사, 제주 돌하르방 같은 왕눈 김광정 선생, 겨울 소양강 여행하고 돌아와 광화문 뒷골목 감자탕 집에서 호호탕탕하던 현종우 이사, 경기도 고양시 현도읍 효자리에 살던 이정희 여사님, 배고픈 날들 밥 같이 먹던 이연호 사장, 함께했던 모든 분들이 지난 아픈 세월에 주신 도움에 감사드립니다.

선대들은 경북 상주에서 난을 피해 제주로 향하다가 폭풍을 만나 추자에 입도入島 하셨습니다. 추자면사무소에서 퇴임하시고도 일제의 적산가옥 한 채 차지하지 않아 가난하셨지만, 매일 아침 경대鏡臺를 보며 몸과 얼굴을 단장하시고, 조용히 앉아 책을 읽으며 벗들과 숭어 잡아 물에 탄 소주 마시며 껄껄 웃으시고, 한학과 일본어가 유창하셨던 김 영자 택자 할아버지는 이승만 대통령의 표창장을 받기도 했습니다. 말수가 적고 큰 키에 미녀였던 할머니의 큰 사랑을 받았습니다.

큰아버지는 제주 4·3 사건 때 경찰 통신병으로 한라산 토벌대를 하시며 겪은 경험이 무서워 바다에 풀어 놓고 싶었는지, 다시 추자도에 들어오셔서 어부로 평생을 슬픈 마음으로 사시다가 심장병 얻어 돌아가셨습니다. 할머니를 닮아 키가 크셨던 둘째 큰아버지는 추자 수협에서 섬을 위해 많은 일을 하셨고, 일본으로 수출하기 위해 삼치를 포장할 때 쓰던 파란 창호지를 연 만들라고 종종 주시곤 하셨지요. 설날이 되면 세뱃돈 받으러 할아버지 집 다음으로 달려갔던 어린 날 그립습니다.

외가의 할아버지는 제주 칠성통에서 큰 사업을 하셨고, 재산을 팔아 은밀하게 독립군에게 독립자금을 지원하셨답니다. 그러나 증빙할 문서가 없어서 독립유공자에서 제외된 쓸쓸함이 저희 후손들에게는 있지요. 어린 어머니에게 성악가로서 꿈을 키워주기 위해 일본 유학을 보내 주시겠다고 하셨던 외할아버지는 일찍 돌아가셨습니다. 제주도 격동의 시기에 지인들의 도움으로 결국, 외가는 제주 4·3 사건을 피해 추자도로 도망치듯 숨어 오셨고 제주 4·3 사건은 화산도 민중의 슬픔뿐만이 아니라 아픈 가족력이 되어버렸습니다.

갚을 길 없는 부모님의 은덕, 부모님 잘 받들고 형제간에 우애가 돈독한 산사나이 동생 김대봉, 기자정신에 성실한 김대휘, 사랑하는 가족들, 서연, 민재, 현자에게 그동안 고마웠고 정말 미안했다고 깊이 고개 숙입니다. 그대들 그리워하며 눈 오시는 겨울, 창공에 띄우는 연을 바라보며, 어린 동생들 데리고 1973년경 겨울 험한 추자도 바다를 탈출하여 제주에 정착시키고 공부시키고 키워주신 어머니 이 승자 희자(루시아), 제주도 여인의 도전정신과 지극정성 지난한 세월, 그 크신 은혜를 어떻게 갚을 수 있을는지요. 평생 거친 바다에서 수많은 생사의 갈림길을 헤쳐내시고, 바다에서 일생을 사셨던 아버지 김 윤자 민자(세례 요한)께서 사랑했던 바다가 그립습니다.

삶은 건조하고 뜨거운 붉은 사막 같기만 합니다. 하지만 떠돌며 살던 베두인족이 유향과 몰약으로 부를 이루고 돌 위의 도시를 지키기 위해 1천 년 이상 비밀을 지켰던 것처럼, 바위 속에 고대 도시 페트라를 숨겨 놓았듯이, 각자는 지친 세월을 위로해줄 비밀의 공간으로 가야 하는지도 모를 일입니다. 거친 사막 바람에 흩날리던 모래를 바라보는 야생화는 어디에 있는지요. 밥 한술 뜨자고 죽을 고생 했으며, 부끄러운 사제와 어리숙한 시인의 삶을 살았습니다. 최소한 태어난 의무와 책임이 아직도 뒤통수를 당깁니다. 이제 저는 깊고도 높은 땅과 하늘의 은총에 감사드리며, 상상력의 원천이자 비밀의 갯가가 있는 고향 바다 추자도 후포로 가렵니다. 냇물이 흘러 흘러 바다로 가듯 펑펑 내리는 눈을 바라보던 어린 날처럼, 추운 겨울 굴뚝 옆에 쭈그리고 앉아 거칠고 푸른 파도에 엉금엉금 갈잎 띄워 창창한 바다로 떠나갑니다. 그동안 정말 고마웠습니다. 감사합니다.

2017년 12월 15일
수원 고등동에서
김 대 술